梅里克家族

欧洲历险记

（美）弗兰克·鲍姆 著
郑榕玲 译

企业管理出版社

图书在版编目（CIP）数据

欧洲历险记/(美)鲍姆著；郑榕玲译.
— 北京：企业管理出版社，2015.12

ISBN 978-7-5164-1169-8

Ⅰ.①欧… Ⅱ.①鲍… ②郑… Ⅲ.①儿童文学—长篇小说—美国—近代 Ⅳ.①I712.84

中国版本图书馆CIP数据核字(2015)第313109号

书　　名	欧洲历险记
作　　者	弗兰克·鲍姆
译　　者	郑榕玲
责任编辑	韩天放　尤　颖
书　　号	ISBN 978-7-5164-1169-8
出版发行	企业管理出版社
地　　址	北京市海淀区紫竹院南路17号
邮　　编	100048
网　　址	http://www.emph.cn
电　　话	总编室（010）68701719　发行部（010）68414644　编辑部（010）68701292
电子信箱	80147@sina.com
印　　刷	北京宝昌彩色印刷有限公司
经　　销	新华书店
规　　格	145毫米×210毫米　32开本　7.375印张　166千字
版　　次	2016年3月第1版　2016年3月第1次印刷
定　　价	28.00 元

版权所有　翻印必究·印装有误　负责调换

目　录

第 一 章　道尔一家惊呆了……………………001
第 二 章　制订旅行计划………………………008
第 三 章　"全部上岸"…………………………016
第 四 章　新朋友与警告………………………023
第 五 章　维苏威火山大爆发…………………034
第 六 章　乌云密布……………………………037
第 七 章　患难之交……………………………045
第 八 章　穿越海峡……………………………050
第 九 章　费朗蒂伯爵…………………………056
第 十 章　通往阿马尔菲的路…………………062
第十一章　大展神威……………………………072
第十二章　一路前行……………………………078
第十三章　巧遇公爵……………………………089
第十四章　约翰失踪……………………………100
第十五章　心急如焚……………………………111
第十六章　神秘的塔托…………………………118
第十七章　隐匿的山谷…………………………124
第十八章　羊入虎口……………………………133
第十九章　进退两难……………………………143
第二十章　隔墙有约翰…………………………151
第二十一章　夺命深坑…………………………160

第二十二章	约翰来信	166
第二十三章	贝丝的计谋	174
第二十四章	帕琪的新朋友	180
第二十五章	扭转局势	188
第二十六章	表明身份	194
第二十七章	收养塔托	202
第二十八章	塔托的美好生活	207
第二十九章	塔托计谋得逞	216
第 三 十 章	相忘江湖	224
第三十一章	安全到家	230

第一章　道尔一家惊呆了

这是一个周日的下午，威灵广场3708号——帕特丽夏·道尔小姐的漂亮公寓中。此时在小客厅里，帕特丽夏——或者她更愿意别人叫她帕琪——坐在钢琴旁，手指轻盈地弹奏着一支曲子。这曲子可是音乐老师凭借巨大的耐心和毅力才把她教会的，因为她实在是太心浮气躁了。一旁，约翰舅舅正一动不动地躺在铺着厚厚垫子的安乐椅上。他穿着一身灰色西装，身材圆胖，脸上盖着几张报纸，报纸下偶尔传出一两声叹息或者鼾声。可见这矮个子男人根本没在听音乐，而正如他自己有时郑重其事说的那样，是在"打盹儿"。

道尔少校端正地坐在对面，赞许地看着他的宝贝女儿帕琪。他跟着音乐不时地用手在椅子扶手上打着节拍，间或点头以示他在关注。帕琪自从晚饭后已经从头到尾弹过七遍这首曲子了，因为她只会弹这一首，但少校却可以听上七百遍也不眨眼，因为他并不是在欣赏这首曲子，而是在欣赏演奏的人。少校对帕琪感到无比骄傲，她能成功操作这个庞然大物，还能完整地弹出一首曲子，真是太了不起了。不过，帕琪本来就是个只要努力就能干成任何事的女孩儿。

突然，约翰在发出一声巨大的鼾声后，立马弹坐了起来，满是惊恐地盯着他的同伴，但在观察了周围环境，意识到他在哪儿之后，便暗自欣喜得意起来。帕琪正好抓住这个机会，停止了弹奏。她从坐着的凳子上转过身来，饶有兴味地看着刚醒来的约翰。

"您刚才睡着了。"她说。

"不，你可错了，"矮个子男人严肃地回道，"我是在思考。"

"啊！真是思考得太棒了！"少校严肃地看着他，十分痛恨他打扰了自己闲暇的周末下午，"你思考的声音大得像沼泽地里的牛蛙。先生，你以后不能再吃沙拉了。"

"呸！难道我自己还不知道吗？"约翰生气的说。

"好吧，如果你知道我们听到了什么，那你肯定就是清楚的。"少校反驳，"但像我这样无知的人都知道，在一位淑女旁睡觉还打了鼾是一件多么无礼的事情。"

"舅舅，没关系的，"帕琪安慰道，"我敢肯定，我们亲爱的约翰舅舅刚才进入的一定是世界上最美的梦乡。舅舅，快把你的想法告诉大家，证明少校大错特错了。"

连她的父亲听到帕琪这么机智的回答，也满意地微笑起来。本来快要发火的约翰也朝帕琪感激地笑了笑。

"我要去欧洲！"他说。

少校不自觉地一愣，然后转头好奇地看着他。

"而且我要带帕琪一起去。"他淘气地笑着继续说。

少校皱起了眉头。

"先生，在你完全清醒之前，先控制一下自己，"他说，"你又在做梦了。"

帕琪的脚在凳子边荡来荡去，因为她太矮了，坐在凳子上脚都着不了地。她布满雀斑的圆脸上露出一副若有所思的神情。当听约翰清楚地讲完那心血来潮的想法时，她大大的蓝眼睛里流露出一丝渴望。

少校仍皱着眉头，但之前轻蔑逗趣的表情已悄然无踪，脸上全是惊恐。因为他很清楚，这个古怪的大舅子什么都敢想，而且不管多荒谬的想法都会不顾一切地去实现它。但是带帕琪去欧洲，对少校而言，就像是要拔掉他的犬齿或者砍掉右臂一样。不，比这还要糟糕，还要糟糕一万倍！带走帕琪就相当于带走了少校天空上的太阳，只剩下令人绝望的乌云。

他决不能就这么答应他的提议。

"先生，"他严肃地说——每当他想要讽刺或者责备他的大舅子时，他总会叫他"先生"，"我最近一直觉得你在密谋着什么坏事。你这一周都没有直视过我的眼睛，还有两次晚餐迟到了。先生，我想请你解释一下你刚才提出的那个残忍的建议。"

约翰笑起来。道尔少校的妻子已经去世，她只有约翰这么一个哥哥，道尔少校曾以为约翰是个需要人帮一把的可怜虫。所以这个头发花白的爱尔兰老男人曾像对待女人一样温柔地对待约翰，绝口不提任何可能伤害他感情的话。但是后来，他发现约翰其实是个大富翁，特别爱做好事儿，能用一些特别而隐晦的方法来让周围的人开心。于是少校就不再刻意对这个不幸的男人表现出礼貌了。他越来越喜欢这个小个子男人，但是却对他越来越不礼貌。少校最喜欢做的就是能逮着机会为难或责备一下这个巨富的大舅子。约翰很感谢这一切，他很喜欢高贵的少校，俩人关系很融洽，时不时针锋相对一下，反而增加了趣味。

"道尔少校，是这样的，"约翰冷静地说，"最近我对生意上的事儿忧虑得要命，我需要改变一下。"

"呸！你的生意都是艾沙姆—马文公司在打理，你什么都不用操心。我们才帮你赚了25万。"

少校说"我们"，是因为他如今就在这家大公司担任要职，而这个职位是梅里克先生几个月前帮他找的。

"就是因为这个啊！"约翰说，"我可不想要你们挣的那25万。我买那个公司股票的时候，这股票都快不行了，我当时已经做好要亏一大笔钱的准备。但不知哪儿来的运气，结果竟大赚了一笔。所以，亲爱的少校，我得在自己再做其他蠢事儿之前赶紧逃走，逃到没有生意的地方，努力把赚的不义之财花掉一些。"

少校冷酷地一笑。"但是，那可是欧洲呀！"他说，"约翰，你什么时候想去欧洲都可以，我不反对。你虽然很有钱但却没文化，欧洲能开阔你的眼界，让你明白自己的渺小。我建议你去爱尔兰，听说那是欧洲美丽皇冠上最耀眼的那颗宝石。去吧，什么时候想去都行。但别想把你那些愚蠢的想法灌输到我们帕琪的小脑袋里。你很清楚她哪儿都不能去。先生，你的提议对她来说非常残忍！"

上校一激动，说话就会带点儿爱尔兰口音，但平静之后，又会恢复过来。

"为什么呢，你这个自私的老骗子！"约翰愤怒地大喊，"她现在有钱又有时间，为什么不能去？她本来可以走出去，看看外面的世界，找点乐子，但你却要她待在家里陪着你这个四肢健全的男人？"

"能够陪在父亲身旁是一种极大的快乐，"帕琪轻声说，"这个可怜的男人需要人陪，就像他需要拖鞋或者需要早餐里有麦片一样。"

"帕琪还要照顾这个房子。"少校满意地补充道。

约翰轻蔑地哼了一声。"你太不讲理了，原来爱尔兰人就是这样，真是长见识了！"他说，"你刚才告诉我去欧洲是件很开心的事，还能学到很多东西，但马上就假借爱的名义,不准你的女儿出国旅行,不准她得到这一切。为什么呢?仅仅是因为你想把她留在身边,因为她不在的话你可能会觉得有点孤独。先生,我要马上打消你这可笑的想法。你和我们一起去。"

"不可能!"少校断然拒绝,"现在是公司最忙的时候,我绝不会一走了之,而把善良体贴的马文先生一个人留在那儿。"

帕琪赞同地点了点头。"爸爸,您说的对!"她说。

约翰重新躺回椅子,又把报纸盖在脸上。帕琪和她的父亲目不转睛地看着对方。然后,少校拿出手帕,擦了擦眉毛。

"宝贝儿,你想去吗?"他轻声问。

"是的,爸爸。不过我肯定不会去的。"

"啧啧!帕琪,你就不能,哪怕就一次,不听老爸我的话吗?欧洲离这儿也没那么远,"他亲切地继续说,"你离开的时间也不会很长,比你上次去埃尔姆赫斯特找珍姨妈要钱的那次还短,那次你还没拿到钱呢。玛丽会照看好我们的小屋的。到时候我肯定会很忙,忙得完全没时间想你,完全没时间。"

"爸爸!"

她现在坐在少校的腿上,胖胖的手臂搂着他的脖子,柔软的脸颊紧靠在他粗糙红润的脸上。

"亲爱的帕琪,你回来的时候,"他温柔地抚摸着她的头发,对她耳语道,"相见的喜悦会弥补一切的。宝贝儿,这就是生活。两个人除非是连体婴,不然在生活中,肯定会多多少少离开对方的。"

"爸爸，我不会去的。"

"啊，你得去。如果你不去的话，我会很难过的。你的坏舅舅刚才说下周就走。亲爱的帕琪，我觉得他就像《森林中的孩子》里的那个凶手。你必须帮他重新找回人性。我相信这个老无赖身上还是有点儿美好品质的。"他深情地看着那个被报纸遮住的胖胖的小个子男人。

约翰从报纸后露出了脸，能这么了解道尔一家人真是太棒了。他非常满意地微笑起来。

"我亲爱的上校，"他说，"你的自私其实就像椰子外面的硬壳，但一剥开来，里面装的不是椰汁，而全是善良啊。赶紧的！我们来讨论一下旅行的事儿吧。"

第二章 制订旅行计划

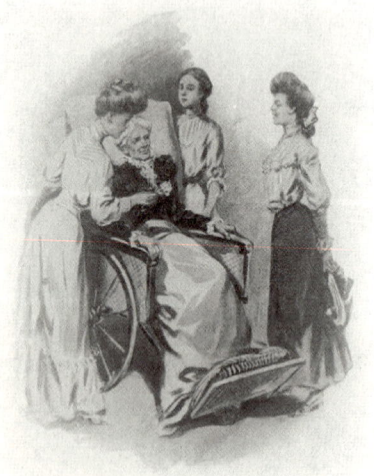

"很久以前，我就有这个想法了，"约翰继续说道，"不过直到昨天我才想好了所有的细节。帕琪，我一直是个粗野的笨老头，一生都在努力工作，却从没想过要去旅游或者享福，直到偶然遇见了你。是你告诉我在别人心里撒下阳光是一件多么愉快的事，因为让别人快乐就是让自己快乐——你这狡猾的小姑娘，一直没告诉我这个秘密，是我后来偶然才发现的。好，现在我要负责三个侄女……"

"先生，你只需要负责两个，"少校打断道，"帕琪能照顾好自己。"

"打住，"约翰说，"我的这三个侄女全都冰雪聪明，善解人意，招人喜爱，这样的好女孩可是很难遇得上啊。先生，这一点你可没法否认。她们现在这个年纪，一次欧洲之行会很有帮助的。我们下周二出发，乘坐高级轮船"和平女神号"从纽约前往那不勒斯湾！"

帕琪的双眼闪耀着跳动的喜悦，好像在跳着节日的舞蹈。

"你告诉贝丝和露易丝了吗？"她问。

他的脸拉了下来。

"还没有，"他说，"我忘了跟他们说了。"

"我这边，"帕琪继续说，"一周就能轻松准备好。但贝丝在俄亥俄州，我们还不知道她能不能去呢。"

"我会给她发个电报问清楚的。"约翰说。

"今天就发吧。"少校建议。

"好的。"

"明天您必须去告诉露易丝，"帕琪补充道，"亲爱的舅舅，我不确定她是否想去。你是知道的，她特别喜欢社交，可能因为有各种约会就去不了了。"

"你的意思是她已经订婚了？"约翰惊呆了，问道。

"舅舅，我只是说她会忙着参加各种舞会啊聚会啊。不过如果有人告诉我她不久就要结婚了，我也不会奇怪的。她本来就比我和贝丝大，而且还有一大堆追求者。"

"或许她已经足够成熟懂事了。"少校说。

"明天我就去找她和她的母亲，"约翰决定，"如果她没时间去欧洲，你和贝丝无论如何也要去——我们到时候可以帮露易丝买结婚礼物。"

说完他拿起帽子和手杖去了电报亭。帕琪和父亲继续讨论着这一出乎意料的情况。

约翰·梅里克已经60岁了，但他仍像20岁的男孩一样健壮。他在太平洋海岸大赚了一笔。在生意繁忙的那几年，他东部的家人几乎把他忘了，他们从来不相信约翰能挣大钱，觉得他能养活自己已经不错了。尽管约翰在许多方面天真到近乎幼稚，但他做起生意却十分精明老道。后来他突然回来了，结束了"精明"的生活，用赚的钱开始投资。不过他当时没告诉别人他发财的事，也因此有机会了解到三个侄女不同的性情和特点。

那时候她们在埃尔姆赫斯特拜访约翰未婚的姐姐珍，那是珍第一次邀请她们去她家。在珍姨妈的财产争夺战中，他仔细地观察了三个女孩儿，发现每个人都有许多值得敬佩的地方。然而，她们之中，帕琪显得尤其坦率诚恳。当发现珍姨去世后并没有留下房产时，帕琪不像其他人，她一点都不失望，这点让人印象深刻。帕琪以为约翰很穷，所以坚持要带他去纽约和她一起住，她和父亲在那儿租了一套简陋的房子。帕琪的父亲是名退役老兵，靠在商行记账维生，帕琪则在理发店里工作。

现在约翰成了珍姨三个侄女的大恩人——她们本来也是他的侄女。三个女孩儿都很穷，除此之外，再没有任何共同之处：伊莎贝拉·德·格拉夫是一位音乐老师的女儿，住在俄亥俄州的克拉夫顿市；露易丝·梅里克和她的寡母住在纽约，她们所处的社会氛围在纽约算得上二流。母女俩绞尽脑汁，想为露易丝钓到一个金龟婿，以确保她们能有一个舒适的家。尽管可能因为环境的影响，露易丝确实有这样世俗丑陋的野心，但17岁的她依然拥有很多美好的淑女品质，只要不被她那虚荣自私的母亲误导，这些品质还是能得到发展的。

后来约翰扔掉了贫困户的面具，开始资助三个女孩。他给了贝丝和露易丝一大笔钱，让她们能基本独立地生活。又在威灵顿公寓广场3708号为帕琪买了一栋漂亮的现代公寓，并安排她和少校住进了其中最舒服的一套。这样一来，道尔一家仅靠其他几套房子的租金，就能过上富足的生活了。约翰觉得自己在这里会很受欢迎，所以也就住下了。事实也的确如此，道尔一家很喜欢他。大家都很肯定，小帕琪将来一定会继承他的百万遗产。

艾沙姆—马文公司既是一家银行又是经纪公司，它曾长期帮约翰·梅里克管理他的巨额财富。在约翰的请求下，这家公司安排道尔少校担任了总部的一个要职。道尔少校有了这份薪水便不用再依赖女儿突然获得的财富了，而且他现在自尊心也得到了满足，觉得很自豪。

更难能可贵的是,金钱没有改变道尔一家的本性。少校还是从前那个简单、诚实、谦恭但又直率的老兵,是那个赢得约翰喜爱的勤奋簿记员。而帕琪,无论住的是宫殿还是茅屋,她阳光明媚的性格都能为家里带来欢声笑语。

约翰从没像现在这样,感受到如此巨大的快乐。珍姨的三个侄女也从未像现在这样获得如此多的优待和幸福。正是想再给这几个姑娘一些好处,这位古怪的舅舅才计划了这次令人意外的欧洲之行。

约翰发给贝丝的电报很有他的特色:

"我和帕琪、露易丝准备下周二去欧洲。你想和我们一起去吗?如果要去的话,就搭首班火车到纽约,在那儿我会照看你的行李。请立即回复。"

这个消息很可能会吓坏一个乡下姑娘,但约翰·梅里克一点儿都不觉得这么做有什么不对。他觉得贝丝肯定会答应的。约翰很希望贝丝能同意,他觉得贝丝也一定很渴望和大家一起去欧洲,所以在付完电报费之后,他就没再多想这事儿了。

第二天早上,帕琪提醒舅舅,让他不要进城了,他得亲自去给露易丝说说去欧洲旅行的事。于是约翰横穿整个城市,九点钟的时候到了露易丝的家。

梅里克夫人正穿着睡袍坐在客厅里,小口小口喝着咖啡。约翰是她去世丈夫的兄弟,她女儿的恩人(也就意味着间接是她的恩人),她是不能不见他的,所以赶紧让仆人把约翰请了进来。

"露易丝睡得正香呢,"她说,"还要几个小时才会起来。"

"她不舒服吗？"他焦急地问。

"哦，亲爱的，不是这样的！约翰，不是每个人都像你一样起得和送奶工人一样早。昨晚露易丝去看了歌剧，很晚才回来。"

"歌剧院不是和戏院一样午夜之前就关门了吗？"他问。

"对，但你知道的，看完后还要去吃宵夜。"

"嗯，对！"他若有所思地回答，"我也发现看歌剧会把人看得很饿，散场以后，观众总是成群结队地涌进餐馆。很奇怪，对吧？"

"是吗，我从来没这么想过。"

"不过露易丝身体没问题吧？"

"她很好，谢谢你。"

"那我就放心了，因为下周我要带她去欧洲！"他说。

梅里克夫人吃惊得差点儿把咖啡杯摔在地上。她直勾勾地看着约翰，说不出一句话。

"我们周二就出发，"约翰继续说，"你必须让我侄女提前准备好，九点整你就得在霍博肯送她登上'和平女神号'轮船。"

"但约翰！"梅里克夫人有气无力地喘着气，"要去欧洲的话，至少要一个月才能做好她的礼服，而且……"

"这些都是没用的东西！"约翰高声说道，"玛莎，这说明你对欧洲旅行知道得太少了。没有人会带着礼服出国的，反倒是该从巴黎买礼服回家呀。"

"嗯，的确是呀。" 她喃喃地说，"如果露易丝到时候没有其他约会的话，她也许可以去。"

"果然像帕琪说的那样。玛莎,听我说,你知道有哪个未成年的女孩儿因为要赴各种约会而放弃去欧洲的?"

"但实际上……"

"玛莎,你快要惹怒我了,如果你真把我惹怒了,你会后悔的。"

这番话把这个女人吓坏了。不管约翰怎么无理取闹,她也不能得罪他。所以她温顺地说:

"露易丝当然会很高兴去欧洲的,我也很高兴能一起去。"

"你?"

"怎么了?怎么了?那你打算带谁去呀?"

"就三个女孩——珍姨的三个侄女,当然也是我的侄女。"

"但是你需要一个女伴陪她们。"

"为什么呢?"

"出于礼节的需要呀,也是为了谨慎起见。我知道露易丝会很小心,因为她天性如此,但帕琪就是个不安分的小女孩儿,贝丝又那么深邃娴静,没有一个女伴,她们会给你惹大麻烦的。"

约翰脸涨得通红,眼神闪烁着怒火。

"女伴?"他轻蔑地大喊,"玛莎·梅里克,我这儿可不需要女伴。带着这些年轻人自己去,不用你们这些死脑筋一直盯着,要不我们就哪儿也不去!这三个好女孩儿从来没有出过远门,但不论去哪儿我都相信她们。另外,我们不是去参加你那该死的社交活动,也不是去野餐。如果我不能让女孩儿们享受生活,我就不叫约翰·梅里克。女伴,真是够了!"

梅里克夫人惊恐万分地举起手来。

"约翰，我不太确定，"她喘着气，"我到底应不应该把我亲爱的孩子交给她不拘礼节的舅舅。"

"我很确定。就这么定了。"他说道，情绪平静了些，"别担心，夫人，我会照顾好帕琪和贝丝的，而露易丝本来就很谨慎，她会照顾好我们的，就像她能照顾好你一样。说说你想当女伴的事！你敢不敢在露易丝起床后说你不是在为自己打算！当什么女伴纯粹是骗人的——除非像我这样的大伯能当女伴还差不多。无论如何，我才是那个唯一和她们前往的人。我不等露易丝起床了，你把这个消息告诉她，帮她按时准备好。现在，我得走了。早安，玛莎。"

她实在无话辩驳，直到这怪大伯约翰走了很久之后，她才想到一大堆刚才本来可以反驳的有力言辞。

"不过，"她又拿起咖啡杯，叹了口气，"这样可能对露易丝再好不过了。我们不知道那个喜欢露易丝的威尔登是否会继承他父亲的财产，我听说他有点儿疯狂。在我们证实消息之前，把所有的约会都推后其实也挺好的。等露易丝和约翰去了欧洲，远离一切纠缠时，我才能查清楚。坏运气也不全是坏事儿。我去跟露易丝讲。"

第三章 "全部上岸"

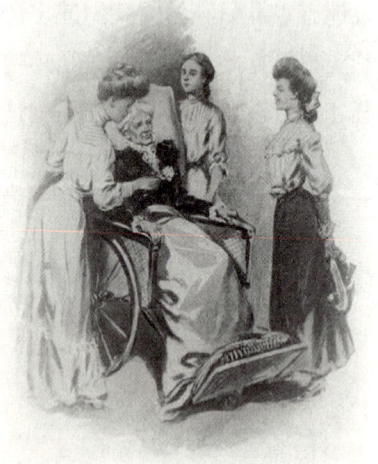

第三章 "全部上岸"

　　认识贝丝·德·格拉夫的人都觉得她是一个谜，有时候甚至她自己都搞不清楚自己。不过她一点儿都不在意，一点儿都不觉得这是个需要解决的问题。可能是因为成长环境不太融洽，这个15岁的漂亮女孩有些尖酸刻薄，有些愤世嫉俗。贝丝皮肤黝黑，大大的棕色眼睛里常常流露出一种阴郁，但神情又难以捉摸。她曾悄悄看着镜子里的自己，那双眼睛让她都感到畏惧和不安。她也常常分析自己的神情，就像是在分析别人一样，思考着这面具背后到底是什么，会给人怎样的感觉。

　　当她在家听到父母为一些她根本不在意的琐事而争吵不休的时候，她就会流露出这种病态的神情。她觉得他俩就像两只脾气暴躁的动物被关进了一只笼子一样，她早就不关心他们到底在吵些什么了。

　　前几年家里穷困潦倒，这对她更是雪上加霜。不过自从约翰舅舅给了贝丝一大笔钱之后，他们便立刻结清了家里的债务。德·格拉夫夫人还在星期天穿上了真丝连衣裙，下巴抬得比克拉夫顿市任何女人都高。德·格拉夫教授也不再为债务所困，减少了花在教书这份苦差事上的时间，开始写起了清唱剧，他坚信他会因此出名。但是他们本质上依然不和，要想他们完全和谐相处根本就不可能。

　　贝丝在外面的时候，性格就变得柔软得多。她的一些同学见过她美妙可爱的笑容，她笑的时候，表情会变得甜美活泼，非常迷人，棕色的眼睛散发出愉悦的光芒，就像完全变了一个人。

　　有时，当三个女孩儿都在珍姨家聚齐时，贝丝常常依偎着露易丝。露易丝擅长交际，与人相处时总能赢得他人的喜爱。露易丝也努力想讨好这愤世嫉俗的表妹，这种时刻的贝丝会变得非常温柔。她渴望被爱，也渴望被爱抚，这样近乎炽热的渴望让她变得和平时完全不同。露易丝看人很准，她看出了贝丝那股被压抑的温柔、友善、热情的力量。如果贝丝能充分展现出这些品质的话，她会变得非常可爱。但她没有告诉贝丝这个。贝丝已经习惯了伪装，对别人偶尔给予的赞美抱有深深的怀疑，她一定会觉得这种建议仅仅是恭维话罢了。而露易丝那么聪明，自然不会让她的表妹对自己生疑。

这个15岁的怪女孩儿在收到约翰电报的时候同样展现出了她一贯的冷漠。她默默地把电报交给了母亲，就像收到了去教会野餐的邀请一样，冷静地说：

"我觉得我应该去。"

"怎么我就没遇到过这种好事。"格拉夫夫人嫉妒地说，"如果约翰懂一点儿人情世故的话，就应该带我去欧洲，而不是这几个傻傻的女学生。不过约翰一直都是个笨蛋，这也改不了了。贝丝，你什么时候走？"

"明早就走。我在家里也没什么事儿了。我会去帕琪那儿，出发前我都和她待在一起。"

"你高兴吗？"她母亲好奇地看着她面无表情的脸问道。

"高兴，"贝丝若有所思的回答，"有些改变总是有意思的。除了上次去埃尔姆赫斯特拜访珍姨，我还哪儿都没去过，所以我很高兴能去欧洲。"

格拉夫夫人叹了口气。她和贝丝没什么共同语言，这一点在很大程度上是她的错，因为她从来没有试图去了解她的孩子复杂的性格，甚至还有点儿讨厌贝丝年轻美丽的容颜，因为她觉得这和她满脸的皱纹还有头上的白发形成了鲜明对比。格拉夫夫人是个虚荣傲慢的人，她觉得自己仍然充满魅力，宛如少女。贝丝如果能离开几个月，对她来说可是一次解脱。

贝丝把行李收好，当天就叫人带去了车站。第二天早上她到音乐室和父亲道别。德·格拉夫先生看到贝丝突然进来，皱了皱眉头，因为他正沉醉在清唱剧的世界中。他轻轻地吻了女儿的嘴唇，敷衍地祝她旅途愉快。

对于父母的冷淡态度，贝丝没有一点儿怨恨，她早就习惯了，所以压根儿也没想过这次会有什么不同。

帕琪到纽约火车站接贝丝，给了她一个热情的拥抱。帕琪真的很喜欢贝丝，她对每个人都是发自内心的喜欢。贝丝却躲开了帕琪热情的亲吻，她告诉自己，对方哪怕是一只猫，帕琪也会给予同样的热情。贝丝的想法不完全对，但帕琪确实不会做三心二意、半途而废的事。如果她爱你，就一定会全心全意。这就是帕琪。

约翰非常热情地欢迎贝丝的到来，他为有这么漂亮的侄女感到骄傲。约翰敏锐地意识到贝丝含蓄的性格里蕴藏了很大一部分的淑女气质。他曾保证有一天要把这些气质全都"挖掘出来"，或许这次的欧洲之行是个机会。

接下来几天，帕琪和贝丝都在狠狠地购物，有时挑剔的露易丝也会一起去。三个女孩儿严肃地讨论着旅行要买的东西，这次欧洲之旅对她们而言是那么新鲜，就像要去月球一样。她们买了很多用不上的东西，却忘了买很多用得上的，不过这也怪不得她们，因为你至少要去过欧洲之后，才知道该带些什么。

露易丝买得没有帕琪和贝丝那么多,因为她的衣橱本来就比她们俩的大多了,她已经有了年轻女孩需要的所有东西。露易丝是约翰最大的侄女,就旅行经历而言,她和另外两个侄女差不多,但在人情世故上,却远比她俩有经验。她世俗的妈妈一直敦促她过着毫无意义、游手好闲的生活。了解她的人会觉得她的性格很简单。不过她的温柔可爱其实都是装出来的,毕竟做个讨人喜欢的人会带来不少好处。露易丝现在17岁了,身材修长姣好,脸庞精致美丽,魅力十足,即使算不上百里挑一,也是赏心悦目,非常迷人的。虽然眼神有点儿太过机灵,但眼睛很美。蓬松的浅棕色头发就像绢丝一般柔软。露易丝举止优雅,态度亲切,不过却显出和她年龄不衬的疲倦。露易丝·梅里克是很有心计的女孩儿,哪怕是随便看她一下的路人,她也会想办法赢得爱慕和赞许,让他们觉得她是个有教养又聪明的女孩儿。

然而,所有这一切都只是外在,虽然三个女孩儿互相表现出表姐妹之间应有的情谊,但帕琪和贝丝都没有过分表达出互相间的喜爱之情。她们一起度过了那段煎熬的日子,那时候不同性格的她们相处得并不融洽。这些事情就发生在不久前,所以很难说已经全忘了,但是三个女孩儿都非常大度,互相体谅各自的弱点,在出发前夜,都决定尽量善意地去看待对方。

梅里克先生作为一个男人,并没觉得侄女们的性格有什么大问题,他被她们年轻的少女气息所吸引,非常愿意和她们待在一起。约翰的确曾暗自对她们有过失望:露易丝不够真诚;贝丝太愤世嫉俗,讲话太过直白;而帕琪则不够老练。但他想过,虽然他能帮她们改善这些不足,却没有能力完全改变她们的性格，因此他欣然接受了她们。毕竟她们都没有什么太大的毛病，约翰为此感到很欣慰，也很高兴在他老了之后还能有三个如此有趣的侄女在一旁陪伴。

最后的准备工作终于搞定了，也终于到了星期二，按约翰的说法就是，那天他是"把这三个姑娘押着"平安地登上坚固舒服的"和平女神号"远洋快轮的，并且连同她们的包包、箱子、鲜花、水果、糖果盒子等所有旅行中根本不需要的东西也一起打包带上了船。这些东西都是这些热情但缺乏经验的女孩儿们非要塞进这趟充满期待的旅行中的。

梅里克夫人去霍博肯和女儿道别，她在露易丝耳旁悄悄叮嘱了许多世俗的告诫，还有她当下能想到的一些"实用"的建议。

道尔少校也去了，摆着架子，站得笔直。他假装微笑，想通过这种方式告诉帕琪他为她能去欧洲而感到高兴，但实际却吓着她了，因为帕琪一开始还以为少校脸上可怕的表情是抽搐所致呢。

少校没有叮嘱帕琪任何事情，反而是帕琪叮嘱了他很多，给了他一大堆注意事项，多到用少校自己的话说，就是如果他能全都记住的话，那他简直就"无所不能"了。

自从少校同意帕琪去欧洲之后，就不再说任何悲伤惋惜的话，以免破坏她对欧洲之行的满心期待。帕琪临行前一天，少校一直在大笑和逗趣，还保证她走之后，他也会去度假，到弗吉尼亚拜访他的老上校。帕琪知道这是父亲能享受到的最快乐的事情。现在他站在甲板边，妙语连珠，逗得大家哈哈大笑。他看上去很快乐，心情一点儿都没受到影响，但只有帕琪知道，少校善良又衰老的心一定正被深深的离别忧伤紧紧揪着。

约翰可能也猜到了，因为他紧抱着少校，悄声告诉他，帕琪现在并且一直都会是他最心爱的侄女，是他最关心的人。

"别忘了帮我在西西里带个海泡石烟斗，在佛罗伦萨带个皮制袖珍本回来。"少校对帕琪说，"你去趟意大利，带这两样东西也不算多。实话告诉你吧，我同意你去欧洲就是为了让你帮我买它们的。记住船没停稳时不要下船。还有约翰有风湿，不能走太快，一个小时里走个五十千米也差不多啦，另外……"

"这简直是污蔑，"约翰神情坚定地说，"我从来没有患过风湿。"

"爸爸，"帕琪说道，她的蓝眼睛里噙满了泪水，却还在努力微笑，"让裁缝每周六帮你擦擦背心。现在上面都有污渍，最近我实在太忙了，都没能好好照顾你。少校，你真是……你真是……有些丢脸！"

"全部上岸！"船上传来一个响亮的声音。

少校紧紧抱住帕琪，都快把她挤碎了，然后把她推到约翰的手臂里，匆匆离开了。梅里克夫人跟在后面，对大家说了些旅行愉快之类的祝福。船上四个人握着扶手，疯狂地向码头上的人挥着手绢。此时乐队的声音正响，水手兴奋地跑来跑去。这艘巨轮离开了停泊的港口，向着海湾驶去，开启了它驶向直布罗陀海峡和地中海的旅程。

第四章 新朋友与警告

尽管约翰对旅行没什么经验，却把一切都安排得非常妥当。他对远洋旅行一无所知，也不懂怎样才能有一个舒适的食宿环境，但当多数乘客在第二甲板走廊上忙着写信，托船长送回家时，约翰却抽空去找了乘务员主管和甲板服务员等他能找到的所有相关人员。约翰直接给他们塞钱，让他们好好照顾自己和三个侄女，这样的大手笔所产生的效果绝对是立竿见影。

三个侄女发现，她们坐的是甲板上阳光最好的椅子，上边还刻有她们的名字。当她们想去吃个早餐的时候，餐厅已经为她们安排了最好的位置，而船上起码有一半人还饿着肚子。船上最好的服务员随时为她们服务，住的也是她们能想象到的最舒适的船舱。

午餐时，乘务员在约翰的盘子上放了一封信。坐在约翰旁边的露易丝一看到信上地址栏的笔迹，立刻认出那是她妈妈写的，但她什么也没说。

约翰读完信惊讶不已，尤其是刚和写信的女人分开没多久。

信上说："约翰，我必须告诉你，我女儿差点儿陷入一场纠葛，所以我非常感激你带她离家几周。有个年轻人叫亚瑟·威尔登，是某大型铁路公司总裁的儿子，他最近非常关心露易丝。但我让露易丝不要给他希望，因为我听说他和他父亲不合，并且已经被剥夺了继承权。告诉我消息的人还说这个年轻人非常疯狂固执，父母都管不了他。但他在我家时却表现得彬彬有礼。我反对他和露易丝交往，最大的原因就是他很可能继承不到他父亲的钱。露易丝和我决定先不理会他，等知道更多真相之后再说。你也知道的，她那么美，那些穷人或者没法给她显赫地位的男人会很容易爱上她的。约翰，昨晚，当我发现那个讨我欢喜的孩子居然欺骗了我时，你知道我有多害怕吗？这个流氓已经和他父亲断绝了关系。可是露易丝却被他那些轻薄的誓言迷得晕头转向，还向他———一个穷人———也表明了爱意。我费了好大劲才逼得露易丝保证不会和亚瑟·威尔登订婚，而且从欧洲回来之前，也不会和他通信。我相信到那个时候，我会了解到更多关于他的过去和以后的事儿，才能决定要不要让他们继续下去。如果我担心的事真的发生了，那我必须让露易丝振作起来，帮她忘掉那个男人。同时，我也恳求你能当我女儿的临时监护人，不要让她谈起或者想起这个男人，你得试着让她对旅行中遇到的其他男士感兴趣，如果可能的话，就帮助她忘掉这次痛苦的纠葛吧。约翰，体谅一下一位慈爱母亲的感受吧。请在这危急时刻帮帮我，我会永远感激你的。"

"是母亲的来信，对吗？"约翰看完信后，露易丝问。

"是的。"他把信揉成一团，揣进兜里，粗声粗气地回答。

"大伯，她说什么了？"

"没说什么，都是些废话。亲爱的，喝汤吧，天气越来越冷了。"

露易丝甜美低沉的笑声非常动听，抚平了他的怒气。从她端庄愉快的表情里，约翰觉得露易丝就像从他身后偷看了信，应该已经完全猜到了信的大意。露易丝表现得很轻松，这让约翰觉得很安慰，或许这个可怜的孩子并不像她妈妈说的那么爱那个男人吧。

约翰对梅里克夫人把这件事交给他处理大为恼火,他正要开始度假,她凭什么拿这些荒谬的事来打扰他。不论这场"纠葛"的真相如何,他认为玛莎·梅里克这封含蓄的信并不是事情的全部真相——露易丝总有一天会挣脱爱情或者妈妈的手腕。等她回家后,说不定她妈妈已经把整件事都处理好了。无论如何,这都不是他该管的事。

他们一吃完午餐就冲到了甲板上。圆胖的矮个子约翰此时脸颊红润,嘴角挂笑,眼神和蔼,被三个十五六七岁、热情迷人的女孩儿围着。这个场景吸引了船上的每一位乘客。

大家发现这四个人有趣又亲切,所以许多人都来和他们搭讪。约翰和每个男人都侃侃而谈,帕琪也不断向每个女人解释她们是约翰·梅里克的三个侄女,他带她们去欧洲"参观名胜,享受生活"。

许多商人都知道这个百万富翁的名字,他实在是太富有太成功了,所以大家都极其尊重他。但这个矮个子男人是那么平易近人、质朴自然,对奉承话嗤之以鼻,因此大家很快便忘了他金融巨头的身份,只把他当作一个热诚又愉快的家伙。

虽然三月下旬的天气还有些糟糕,但他们已行驶了3312千米。"和平女神号"非常坚固,一路乘风波浪。除了露易丝,船上的人都很适应海上的生活。露易丝在头几天就说她不舒服,所以这时只有贝丝、帕琪和约翰三个人在折叠躺椅上坐成一排,腰间还裹着毯子,愉快地和周围的人聊着天。

帕琪旁边躺着一个35岁左右、肤色黝黑的男人,他的脸又瘦又长,乌黑的眼睛看上去很严肃。他随意地穿着一件法兰绒衬衫,但是他身上那种精致和野蛮混合的奇特气质很吸引女孩子。他安静地坐在椅子上，言语和行为都显得很拘谨，但当帕琪逼着他说话时，他冒失地开口，语气粗鲁，那蹩脚的方言令她忍俊不禁。

"你肯定不是美国人。"她说。

"我是西西里人。"他骄傲地回答。

"我就是这么想的，我猜你可能是西西里人，或者意大利人或者西班牙人。不过我很高兴你是西西里人，也就是说你也是意大利人。虽然我很努力学习你们的语言，不过我还是说不出来。"她继续说，"但你的英语说得非常好，所以我们会相处得很融洽。"

他沉默了一会儿，但敏锐的眼睛一直在观察帕琪天真的脸。然后，他唐突地问：

"你们要去哪里？"

"怎么了，我们去欧洲！"她惊讶地回答。

"欧洲？切！这可不是什么答案，"他生气地说，"欧洲那么大，你们是要去欧洲哪个地方旅行呢？"

帕琪犹豫了。"欧洲"这个神奇的词似乎已经能说清楚他们要去的地方，至少她目前觉得这么说很方便。约翰买了一本双手那么大的旅游手册，不过她匆匆启程，还没得及看。去欧洲这件事本身已经让她非常满足了，不过她或许确实应该了解更多有关这次旅行的具体知识。所以她转过头问约翰：

"亲爱的约翰舅舅，我们要去欧洲的哪个地方呢？"

"哪个地方？"约翰答道，"怎么了，帕琪？船票上写着呢。我现在记不起名字了。反正就在这船停下的地方。"

"是那不勒斯。"那个脸庞瘦削的男人说，毫不遮掩地冷笑了一下，"然后呢？"

"然后呢？"帕琪朝着约翰，重复道。

"然后？然后就去一些其他地方，具体我也想不起来了。帕琪，我又不是行程表。整个旅程都已经安排好了，非常棒，是我拜托一个一直想出国旅行的朋友安排的，他脑海里已经规划好了整个旅行的行程。"

"那这个计划还在他的脑子里吗？"帕琪焦急的问。

"不，亲爱的，它在我蓝色大衣左边的口袋里，全都清清楚楚地写下来了。所以你还烦恼什么呢？我们还没到呢。不久我们就会到达欧洲，开始整个旅行计划。不论发生什么，不论我们去哪儿，这场旅行都将是场狂欢，我们会度过一段欢愉的时光。所以亲爱的帕琪，别着急，也别担心。"

"好吧，舅舅，"她哈哈大笑起来，"我一点儿也不担心。但是如果大家问我们去哪儿，我们应该怎么说呢？"

"欧——洲"。

"然后呢？"她调皮的说。

"然后就是回家啦，帕琪，这有什么好问的，而且这么说也更直接。"

帕琪又笑了，而一旁那个奇怪的意大利人用方言低吼了一声。看来他不是个令人愉快的旅伴，不过正是如此，帕琪才决心让他开口说话，变得"容易交往"些。渐渐地，他似乎喜欢上了帕琪对他的关注，每每帕琪坐到他身边，他都会活跃起来。

"您得告诉我您的名字，"她对他说，"因为我不能一直叫您'先生'呀。"

他紧张地环顾四周，然后慢慢地回答：

"我叫瓦尔迪——维克多·瓦尔迪。"

"哦,这是个漂亮的名字,瓦尔迪先生——或者我该叫你希格诺(意大利语,先生)?"

"你应该这么叫的。"

"我的发音对吗?"

"不对。"

"好吧,要是发音不对的话,你也别介意,你知道我是什么意思,我是想表现得礼貌得体些。"她回答说,声音很甜美。

贝丝尽管结识的朋友没有帕琪多,但她上船之后似乎已经摆脱了此前阴沉的心情。事实上,这是她有生以来第一次这么高兴,这次旅行让她变得那么柔软,那么有魅力,以至上船不久就和一群优秀的人组成了一个圈子。圈子里有一位姑娘来自克利夫兰,她有两个哥哥。这两个哥哥太喜欢美丽的贝丝了,所以央求妹妹先去认识贝丝。当他们发现都来自俄亥俄州时,几个人立即组成了友谊联盟。马里恩·霍顿小姐的坦率和可爱带出了贝丝性格里最好的一面。年轻高大的霍顿兄弟对此又害羞又兴奋,他们也是第一次去国外旅行,他们对贝丝隐约的喜爱让她感到开心,他们几个的关系也因此变得异常亲密。

巧的是,其他几个在"和平女神号"上的年轻男子也注意到霍顿兄弟和贝丝亲密的关系,也非要他们向贝丝介绍自己。当露易丝终于克服了晕船的不适出现在甲板上时,就看到一群仪表堂堂的人正围着贝丝,其中还包括船上最出色的年轻男人。而贝丝像皇后一般坐在中间,听着各种奉承话,但因为缺少经验,她自己很少搭话。这种众星捧月的感觉对一个乡村小女孩儿来说十分新鲜,她也乐在其中。这些年轻男人倒也不介意她的沉默寡言,就像汤姆·霍顿总结的那样,他们唯一想让她做的就是"静静地坐着,看起来非常漂亮"就够了。

至于约翰,他看到贝丝和大家相处融洽,感到很高兴,当场决定"收养"所有在场的男孩儿,让他们成为他家庭成员中的一分子。

露易丝搞清楚状况后,也开心地笑着加入他们。她有点儿气恼,因为甲板上有这么多有趣的事,她却把自己锁在船舱里那么久。想着错过的那些重要时刻,她立刻加入了大家的谈话,想弥补一些遗憾。

比起她漂亮的表妹,露易丝有一个明显的优势,那就是谈吐非凡,眼神老练,而且还有许多立竿见影的交际手段。当露易丝真的想讨人喜欢时,她就会立刻变得魅力无限,而年轻男人是不太可能察觉到这种虚伪言行的。

不一会儿新皇后就加冕了,露易丝用某种神奇的力量把那些奉承的人集结到了她的周围。约翰看到这个结果非常震惊,因为这对贝丝来说有点儿羞辱。唯独霍顿兄弟中的弟弟——汤姆·霍顿,依然对贝丝忠心耿耿,在他敏感的心中只有贝丝一个人。其实比起一群大呼小叫着想得到她喜欢的人,贝丝更喜欢只有一个忠诚的骑士陪着她。他们可以在甲板上一起散步,却不说一句话,或者静静地坐在一起,听乐队演奏,看波涛起伏。正如汤姆所说,他们不必为了让对方开心而"叽里呱啦地说一堆废话,而浪费了在一起的幸福时光"。

帕琪对露易丝狡猾的行为愤愤不平,直到她发现贝丝对现在的情况非常满意才温柔地笑了,任其自然发展。她为这些男孩儿们感到遗憾,因为她知道露易丝只是在戏耍他们。

穿越大西洋的旅程实在太短了。4月5日他们就开过亚速尔群岛，来到了离法亚尔和圣乔治群岛很近的地方。乘客们可以欣赏到从海滨一直延伸到陡峭山腰的白房子。第六天，他们看到了直布罗陀海峡，还路过摩尔和西班牙风格的灯塔，进入了美丽的地中海海域。那举世闻名的岩石就近在眼前，巨轮在它对面抛锚，约翰领着几个小女生下了船，带她们到岸上去转了一圈。

当然，他们也乘车去看了堡垒，并在堡垒昏暗却宏伟的走廊里漫步。因为游客不允许接近防御工事，所以他们没看到什么军事装备。这堡垒看起来也并非固若金汤，总体来说他们有些失望。但坐在低低的敞篷旅游车里穿过这座小城却是次愉快的经历。精致狭窄的街道，石拱门，美丽海景，还有高山，黑皮肤黑眼睛的摩尔人给整个小城带来的东方气息，挤满西班牙人、法国人、犹太人和穿着红外套的英国士兵的奇怪市场，所有这一切构成了一幅迷人至极的风景。

不过，他们只是在这儿短暂停留，在眼花缭乱的走马观花之后，就气喘吁吁地回到了船上。但是约翰说得对，大家都为他们"看过和游玩过"的第一个外国港口兴奋不已。

姑娘们情不自禁地感叹和赞美那湛蓝澄澈的海水。大船继续驶向那不勒斯湾口岸。在经过撒丁岛和科西嘉岛东部时，他们都陶醉在了这片景色中，因为这些地方以前离他们那么遥远，如今却像变魔术一样近在眼前。

帕琪和大胡子船长成了非常好的朋友，因此他总欢迎帕琪去他的专属甲板上玩。今天下午她坐在他身旁，看着这崎岖的风景从眼前划过。

"我们什么时候到达那不勒斯？"她问。

"可能明天晚上。"船长回答,"看,就在那个方向,那片灰云所在的地方。"

"那片灰云是什么,船长?"

"我不知道,"他神情严肃地说,"也许是维苏威火山冒出的烟。我在直布罗陀海峡时听说火山最近很不稳定,我希望它不会给你们带来麻烦。"

"如果我们能看到火山喷发,那岂不是很好!"帕琪惊呼。

船长摇了摇头。"也许会挺有趣,"他说,"但没有人会认为这'很好',这可是让成千上万人受难的大灾祸啊。"

"啊,对呀!"她立刻说,"有人会因此受苦受难了。"

第二天早上,天空弥漫着厚厚的烟雾,太阳也躲了起来,连海水都变成了灰色,而且他们离意大利海岸越近,颜色就变得越深。一种不安的感觉已经悄悄在船上蔓延,甚至船长也没有时间和他的小朋友交谈了,因为他要思考的事情太多了。

瓦尔迪先生头一次离开了躺椅,站在能俯瞰客船统舱的扶栏旁,目不转睛地盯着前方阴沉的天空。约翰问他在看什么,他忧心忡忡地回答:

"死亡、毁灭,已经破产的政府还会遭受千万里拉的损失。这个我知道,因为我研究埃特纳火山很多年,维苏威火山就是埃特纳火山的表弟。"

"嗯,"约翰说,"你似乎对火山喷发感到很有兴味。"

那个脸庞瘦削的男人乌黑的眼睛里流露出狡猾的神情，然后笑了笑。约翰皱了皱眉头，脚步沉重地走开了。他心里轻松不起来，带了三个侄女到国外来度假，却在一开始就遇上无形的风险，这可比真正的危险更可怕，因为没人知道会发生什么。尽管约翰一直强烈反对不必要的担心，但现在的情况却让他的圆脸变得严肃起来。

服务员送下午茶的时候，甲板上异常安静。他们越来越接近那不勒斯湾，大家也都悄声地讨论着目前的处境和那越来越黑的天空。随风飘来的黑色的小渣滓落进了贝丝的茶杯里，她再也喝不下去了。露易丝头很痛，回到房间发现她白色粗呢裙子上布满了天上掉下的火山灰颗粒。

船长小心地将船驶过卡普里岛，驶进了海湾。此刻，空气里夹杂着火山的灰霾。午夜降临，黑暗将他们团团包裹。海岸、山峰和海湾的水都已看不见了。

第五章 维苏威火山大爆发

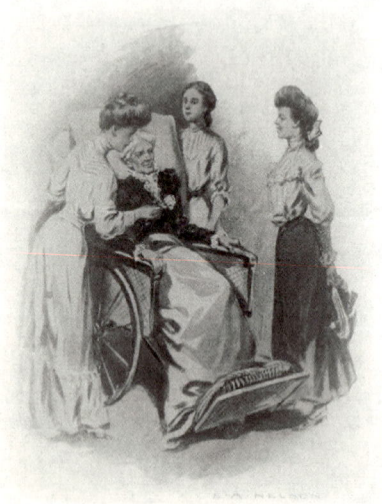

1906年4月7日，星期六，晚。这将是船上所有人都不会忘记的夜晚，也注定是被载入史册的夜晚。

晚餐时，船长告知大家，船已经在新依玛克雷特拉抛锚，但离岸边还有一段安全距离，现在任何乘客都不能上岸。等到火山灰停止下落后，他自然会用安全的方式送大家上岸。

一股不安的气氛蔓延开来。汤姆·霍顿低声对贝丝说，他会一直陪着她直到危险解除。甲板上空无一人，乘客纷纷涌入吸烟室和大厅躲避火山灰。

几个胆子大的人仍在自己的房里睡觉。火山时不时就会发出巨大的声响，这巨大的震动营造出一种莫名的阴森气氛，神秘又令人畏惧，凉凉地直达心底。

快到午夜时，风向突然变了，风把一堆一堆的灰烬向南吹去。整个视野变得清晰起来，人们能够亲眼看见正从火山口喷涌而出的炽热岩浆。那些岩浆好似一条火舌，足足有数千英尺长。紧接着，岩浆变暗淡了些，像一条火龙翻滚至云霄，飞溅出的火花如同礼花攒射，把云层照得通亮。

只要是能看见火山的窗户边，都挤满了忐忑不安的人群。吸烟室里，约翰一只手环抱住贝丝，另一只手抱住帕琪。他们一起透过窗户，观看这雄伟壮观的场面，表情严肃紧张。他们旁边站着汤姆·霍顿，另一边则是一个肤色略黑的意大利人，这个意大利人安慰帕琪说他们已经脱离了危险。汤姆则暗暗希望他们仍旧处于危险之中，这样他就可以实施"英雄救美"的计划，去拯救贝丝或者至少与她死在一起。露易丝则躺在床上，面色平静地等待着接下来会发生的事情。如果他们能活下来，她清晨起床时也不至于面容憔悴，还顶着深深的黑眼圈。如果他们逃不过这场灾难，那她也无能为力。

很快，时间就到了周日的凌晨4点，喷发的维苏威火山在此刻也达到了爆发高潮。那座山突然发出一声低沉的怒吼，好似痛苦而绝望的呻吟。霎时，天崩地裂，汹涌如海水般而又炽热的熔岩从裂口涌出，缓慢地蔓延开来。岩浆流经山坡、树林、葡萄园以及周围的民居，最后把博斯科特雷卡塞这座城市淹没在厚厚的岩浆下。

约翰一行也目睹了这如此震撼的毁灭，眼睁睁看着岩浆流淌所迸发出的大火慢慢吞噬山中的一切。虽然他们不清楚这样的破坏究竟达到了怎样的规模，但眼前这一切已经足够惨烈，足以让每个人都心生畏惧。

声嘶力竭的终极大爆发之后，火山渐渐平静下来。但此时，天上的云却越积越厚，不一会儿就再次遮蔽了天空，模糊了视线。

第六章 乌云密布

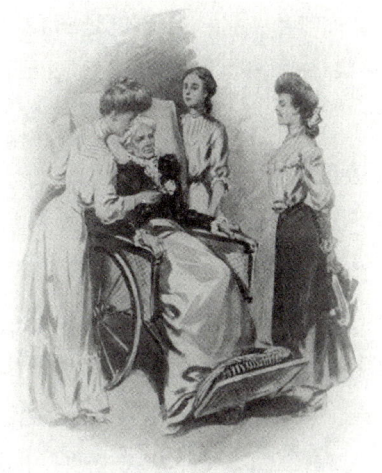

"还好,"第二天一早,约翰说,"我们幸运地活下来了。亲爱的,你们的父母也许已经多次来过那不勒斯,以后,也许你们的孩子还会来这儿更多次,但他们却不会再看到我们来这儿时遇到的景象了。如果这讨厌的火山总有一天要喷发,让我们遇到也是件不错的事呢!是吧,帕琪?"

"我非常同意!"她说,"如果它注定要爆发的话,我是无论如何都不想错过的。"

"但你会为此付出代价!"瓦尔迪先生咆哮道,他碰巧听到了这段对话,"代价就是各种各样的痛苦——我也很高兴看到这样的偿还。维苏威火山爆发就是天崩地裂,它捉弄你,置成百上千人的性命于不顾。你们还能活着站在这儿已经是万幸了!"他忽然压低声音说,"听着,要是这些那不勒斯人察觉到我内心的喜悦,他们一定会杀了我的。而你们?哼!也不会好到哪里去的。你们也是满心欢愉吧——还想着他们会欢迎你们到那不勒斯吧!我倒是奉劝你们,不要上岸,就此打住吧。"

一家人被这番奇怪的言论吓愣了,这样的责备让他们觉得有点儿不舒服。约翰低声说,这个男人疯了,不用理他。

虽然火山灰仍在轻轻地往船上飘,天却比之前亮了些,他们在甲板上也可以看到岸边的模糊轮廓。这时,船的四周突然出现了很多小船,船夫们热情地叫嚷着让乘客上岸,或是向他们兜售水果、鲜花和纪念品。他们完全不顾自身和城市的安危,这真令人震惊。以这种方式去迎接抵达的船只本来就是他们的风俗,他们也靠此生活。除非这个地方完全毁灭,不然，好像什么都无法阻挡他们做生意。

　　一艘蒸汽式摆渡船这时也开了过来。约翰一行与船上的工作人员和旅友们友好地话别后，便带着所有行李上了这艘小船，很快他们就安全抵达了码头。

　　也许很多乘客在踏上这所谓的美丽的那不勒斯海岸时，都会露出异常沮丧的表情——因为它的美丽已不复存在，展现在游客面前的只有茫茫的灰暗。街上的火山灰已经堆积到了脚踝处——精细如面粉般的灰尘粘在你的衣服上，钻进你的眼睛和鼻子里，简直就是无孔不入！树木和灌木的枝叶全被灰尘压弯了。原本的绿色都变得灰扑扑的。这里现在满眼都是灰色。草儿染上了这灰色，屋檐和阳台上也积满了火山灰。

　　"天哪！"约翰叫道，"这简直就和那个叫庞培还是什么的古城一样糟，反正就是那个在圣经时代已经被埋了的城市。"

　　"不，其实也没那么糟，舅舅。"帕琪轻声地说道，"不过如果这火山一直这么喷下去的话，还是有可能的。"

　　"反正这已经够糟的了！"露易丝说。她一边说，一边噘起了嘴，因为她漂亮的斗篷大衣已经被那些脏兮兮的灰尘沾染得一塌糊涂。

　　"我们还是尽快找个落脚的地方吧。"约翰边说边抬头看了看。不远处，隐约就有一辆马车。他走上前，对车夫说："我们想去宾馆。"

　　但车夫没有理他。

　　"舅舅，问问他要多少钱。要知道在那不勒斯打车，讨价还价是必须的。"

　　"如果不呢？"

"车夫会趁机敲诈你的。"

"那我倒想试试。"他答道,"能碰到一辆马车,我们就很幸运了。"他又走上前去,用手杖戳了下马车夫的肋骨,"到维苏威火山宾馆多少钱?"他大声问道。

车夫猛然惊醒过来,甩了甩鞭子,嘴里也蹦出一连串的意大利语。

女孩们仔细地听着。她们一直在跟着贝丝学习《三周无师自通意大利语》,不过,这个车夫说的话里似乎没有一个字是她们在书里学到的。这车夫虽然也重复了"维苏威火山"很多次,但是语气里满是恐惧、愤怒或是恳求。

最后,露易丝说:"大伯,他以为您要去火山。宾馆的名字是维苏威,不是维苏威火山。"

"有区别吗?"

"我也不知道。"

"好吧,你们先上车,剩下的交给我。"

他把三个侄女和行李先塞进车里,然后严厉地对车夫说:

"宾——馆,维——苏——威——维——苏——威——宾——馆,维苏威!该死的!给我快点,不然我就拧断你的脖子!"

马车倒也真的动了起来,一路很是颠簸,慢慢地穿过满是尘埃的街道,最后停在了一栋气势恢宏的建筑前面。天已经有些黑了,入口处亮着一盏电灯,却没有人出来接待他们。

约翰从车里跳了出来,看了一眼建筑的标志,上面用意大利语写着"维苏威宾馆"。这宾馆是别人推荐给他的,说是来那不勒斯一定要在这儿住上几天。他又从口袋里抽出一张卡片，跟这宾馆的标志比了一下，确定自己没走错后，他走了进去，来到了大厅，可这宽敞的大厅里却空无一人。最后，在办公室里，他终于看见了一个男人，而这人正匆匆地打包一些书籍和文章，听到有人说话，也没有一点反应，甚至头都没抬一下。而礼宾桌旁坐着一个留着络腮胡的高大男人，正直愣愣地盯着前方，眼神中是极度的恐惧。

"早上好！"约翰说道，"美好的一天，不是吗？"

"您听到了吗？"看门人低声说道。此时，传来一声闷响，好似远处大炮里沉闷的轰响，震得窗户嘎嘎作响。

"当然听到了。"约翰淡淡地回答道，"老维苏威火山看起来还在横行霸道啊！不过现在倒也不用太担心了。我们从美国来，我们那儿的山都更有礼貌些。对了，我们想入住你们旅店。"

看门人先是打量了一下眼前这个男人，又将目光移到了他身后刚刚进门的三个女孩身上，然后他又看向车夫，车夫正吵吵嚷嚷着什么，但大家完全听不清他的话。约翰说："到底想说什么呀？真是搞不懂。"

这大胡子男人戴着一顶帽子，上面用金丝线精心绣着"维苏威宾馆"几个字。似乎终于明白了车夫的意思。他叹了口气，然后对梅里克先生说：

"您得付30里拉给他。"

"那是多少钱？"

"6美元。"

"开什么玩笑！"

"是您自己没和他讨价还价的。"

"我也没办法啊，他都不会说话。"

"他说您才不会说话呢。"

"胡说!"

"最近日子不好过,物价也有所上涨,但这又怎么样呢?要是我们都被深埋在火山灰下,这些钱对您就一点儿用都没有了。"

大个子男人沮丧地耸了耸肩,冷淡地说道:"您还是得付钱。"

约翰付了钱,但车夫却不愿收美元。不过那个怏怏不乐的看门人倒是愿意。他打开抽屉,把6美元放到了一边,然后从另一边,拿出了两张十里拉面值的纸币。车夫收下纸币,恭敬地向大胡子男人鞠了一躬,又用意大利语骂了这个什么都不懂的美国人几句,才离开酒店。

"房间呢?"约翰问。

"您可以随便选您喜欢的。"看门人回答他,"除了两个和你们一样疯狂的美国人,其他的客人都走了。服务员走了,厨师走了,电梯员也走了,如果你们要在这儿住,也只能爬楼梯了。"

"他们都去哪儿了?"约翰好奇地问。

"先生,他们逃命去了,为了逃离这场灾难。因为他们都记得庞贝的下场。只有老板弗洛里亚努先生和我留了下来。我们要坚持到最后,我们都很勇敢!"

"我明白了。我的英雄,现在您得好好听我说,我想我们都会在这场灾难中幸存下来的,我跟您赌1000:10的赔率,看看你能不能再赚点美元吧。现在,走出那个小隔间,带我们去看看房间,我会给你多加些小费的。"

看门人同意了。哪怕境况再恐怖,他也想要多赚点钱,这是他们这一行的基本素养。我们的主人公往楼上走了一段，很快就在二楼发现了几间宽敞的房间，立刻决定就住这儿了。

"把我们的行李拿进来吧！"约翰说，而看门人则说他得先有一辆行李车才行。

"你得出高价哦，"他说，"不过那也算不上什么，能见到我们美丽的那不勒斯如此衰败的景象，那可不容易啊。您这钱花得值。"

"这事儿我们晚点儿再说。"约翰回答，"你把行李拿来，我自然会付钱的。"

看门人退下后，女孩们开始把报纸塞进卧室窗户的缝隙里。之前从缝隙中飘来的火山灰，已经堆得几英尺厚了。房间里也弥漫着细细的灰尘粒，让人呼吸不畅，心情不快。

约翰看了她们一会儿，皱起眉头。

"听我说，孩子们，"他喊道，"我们现在召开一个作战会议。你们能想象我们会面临什么样真正的危险吗？"

她们立刻来了兴趣，马上围了过来。

"身临险境真是太新鲜太刺激了，你们不觉得吗？"贝丝说，"而且，也许我们还会和在家一样安全。"

"有一次，"露易丝这时缓缓开口说道，"维苏威火山大爆发，摧毁了赫库兰尼姆和庞贝的城市，许多人都被活埋了。可能他们之前也不觉得有这么大的危险。"

约翰抓了抓脑袋，陷入了沉思。

"我觉得，"他说，"你说这个是在警告我们，让我们趁现在有机会赶快离开。"

"这倒没必要。"女孩看着他困惑的脸，微笑着说，

"很多火山爆发造成的破坏也不大。"

"不过还是得有备无患啊！"帕琪说道，"现在那不勒斯的火山灰还没超过六英寸，但是如果照这个速度下去，只需要几天时间，灰烬就会堆到我们的窗户边。不过，至少今天，我们是不必担心的。"

"这可不是座小山。"约翰舅舅严肃地说，"我可不能让我身边的三个女孩冒险。"

"我不怕，约翰舅舅。"

"我也不怕。"

"我也不怕，一点儿都不怕。"

"可是除了我们，其他人都已经离开酒店了。"他说。

"他们以后会后悔的。"贝丝说。

他骄傲地看着她们，依次亲吻了每一个人。

"你们先留在房间里，在我回来之前不要乱跑。"他嘱咐她们，"我出去探探情况。"

第七章　患难之交

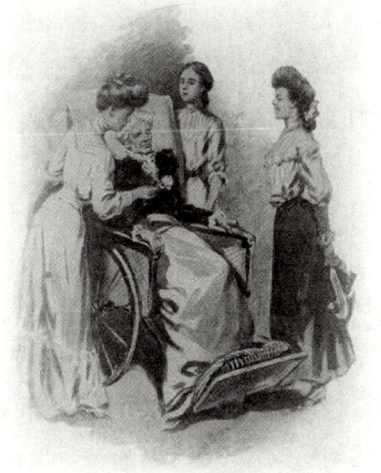

约翰在纽约的生意伙伴们听说他要去旅行,为他写了许多介绍信,把他介绍给欧洲不同城市的熟人。他也带着这堆——很大一堆——信件在身上,但他决定坚决不用。无论是他还是他的侄女,都不想在旅途上结识一些肤浅的朋友。不过约翰刚好记得其中一封介绍信是写给某个第十二意大利军团的安杰利上校的,此人现在就在那不勒斯匹若法科隆山上的军营里服役。这封信是上校的美国老婆的一位亲戚写的,现在刚好就在约翰的口袋里。为了得到专业人士的建议,他立即决定使用这封信。

约翰向那个睡眼惺忪的看门人问了路线,发现匹若法科隆军营就在酒店背后那座山上,在几百英尺高的地方。于是他先找到圣露西娅路,不一会儿就看到了一条直通军营的狭窄小巷。不过因为火山喷发,这小巷已经面目全非了。路上不断有火山灰落下,天空依然半明半暗,爬山的过程也是漫长又乏味。火山还在不时地喷发,震得巨石摇摇欲坠。但这个小个子舅舅坚持往上爬着,汗水打湿了眉毛,最后终于爬到了军营。

一个士兵拿着信去找上校,又很快回来了,并领着约翰穿过了一栋大楼,爬上一段台阶,来到一个隐蔽的阳台。这阳台就在酒店所在的帕特诺普街上方几百英尺处。

一群军官正坐在阳台上专注地看着远处火山爆发形成的云。安吉利上校身材魁梧,站得笔直,他的制服好看极了,脸上又黑又浓的胡子也打理得十分整齐。他长得十分英俊,脸上透出青年男学生一般的天真愉悦。上校礼貌地问候约翰,让约翰感觉很放松。当上校听说约翰和侄女的遭遇时，他皱了皱眉头，然后笑了。

"先生，我也很失望。"他的英语非常别扭，听起来让人发笑，但不管怎样，还是能听懂，"您和您可爱的小侄女看到我们美丽的那不勒斯正处于极度动乱的情形。但就在昨天，就在昨天，全世界没有一座城市像那不勒斯那样迷人，那样精彩，那样欢乐。而今——天，您也看到了，满目疮痍，难道不恐怖吗？维苏威生病了，那不勒斯也痛苦不堪，这一切都要等那火山恢复平静才能好起来。"

"但这危险……"约翰顿了顿，接着说，"您觉得我们住在这儿明智吗？在这火山爆发期间，我的侄女们待在那不勒斯安全吗？"

"啊！有何不可呢？火山是今天早上爆发的。所以热爱人民的士兵都非常害怕听到任何伤亡的信息。陛下忠诚的仆人仍旧在坚守着天文台上的岗位。他传来电报说这巨型鹅卵石——就是我们所说的矿渣——已经摧毁了奥塔雅诺和圣朱塞佩。或许他们都已经被掩埋在了下面。但这只猛兽已经喷发了这么多，现在感觉应该好些了，所以之后会安静很多。"

"我想，"约翰若有所思地说，"没有人确切地知道那该死的火山接下来会有什么动静吧！我不喜欢带着三个女孩冒险。上校，她们都无比珍贵，必须要活下来啊。"

一脸孩子气的上校立即严肃起来，尽管他是在场唯一能说或者能听懂英语的人，但他还是带着约翰走到了一旁，问道：

"您住在哪儿？"

"就在那家以生病火山命名的酒店——维苏威。"

"非常好，我手下有一辆政府用的大型摩托艇，就停在离你酒店不远的海湾。我的妻子和两个孩子在维亚拉·艾琳娜的家里，一旦有重大危险发生，我手下的士兵就会把他们都送到摩托艇上，带他们去安全的地方。这么做不错吧？"

"这是很好的安排。"约翰说。

"在任何危险的情况下，他们都不会受到伤害，我对这点很有把握。我自己倒不害怕，不过我很高兴能保证他们的安全。我妻子提到过不少您的杰出事迹，但现在这情况也着实很特殊！那艘摩托艇很大，所以安心留在那不勒斯吧——维苏威也会让你叹为观止——看看这鬼斧神工的杰作吧。一旦有危险，你们都可以去到我的摩托艇上；没有危险的话，我保证你们会在那不勒斯有一次绝妙的体验。"严肃的神情从他脸上一闪即逝，上校又露出了和之前一样明朗的笑容。

"非常感谢，"约翰感激地说，"这样的话，我回去见到几个女孩儿也就非常放心了。"

"让女孩们今天哪儿也别去。"上校警告道，"现在的情况很糟糕，天色昏暗，什么也看不清。明天会好些，那时大家可以出去走走。我们明天再见，到时候我会告诉您该怎么办的。"

说完，他非要约翰喝了一杯苦艾酒，润一下他干燥的喉咙。苦艾酒是意大利人很爱喝的一种健康饮料。喝完酒，约翰觉得身心都轻松了很多。

他接着便一路穿过"灰尘雨"，往酒店走去。路上的人们都撑着伞，脚步沉重，面无表情。街角处甚至有流浪歌手正在动情地歌唱，不过得不断停下来清一下喉咙，或是抖抖他挚爱的曼陀林上的火山灰。一队农民从一旁经过，也缓慢庄严地吟唱着宗教圣歌。在队伍最前面的那个人高高举着圣母玛利亚的镀金小塑像。这些单纯的农民相信神圣的玛利亚可以保佑他们逃过愤怒的火山再次喷发。不过约翰可不相信这个。

一到酒店，约翰就兴奋地对女孩儿们讲了他的新朋友，也提到了在紧急情况下，他们会登上摩托艇逃生。

"但我们怎么知道危险什么时候来临？"露易丝问。

正当约翰思考着如何回答这个刁钻的问题时，敲门声响起了。门开后，看门人站在走廊上，旁边站着一位穿着制服的士兵，他海狸皮的帽子上插着一片整洁的公鸡羽毛，手臂上绑着一把短的卡宾枪。

"先生，这是安吉利上校的侍卫。"看门人尊敬地说——这是他第一次用这么充满敬意的语气。

士兵干练地摘下帽子，冲着约翰深深地鞠了一躬。

"先生，他会一直待在酒店里，不过完全不会打搅你们。"看门人继续说道，"但如果他找到您，让你们跟他走，您就必须毫不犹豫地照做，这是安吉利上校的指示。您现在可以调遣这个勇敢的士兵，他会保障您的安全。"

"亲爱的，这就是你刚才问题的答案。"士兵和看门人走了之后，约翰高兴地说，"这个意大利朋友做事绝不会半途而废的，从现在开始，我们应该是绝对安全的了。"

第八章　穿越海峡

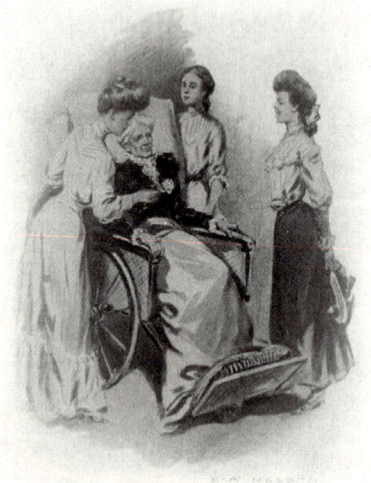

一个小时后，汤姆·霍顿突然来访。他挺失望的，因为他的同伴们已经决定离开那不勒斯，前往罗马了。他担心如果不亲自来保护贝丝的话，火山就会把她吞没了。

"梅里克先生，"汤姆·霍顿真诚地说，"您一定会好好照顾德·格拉夫小姐的，对吗？您知道的，我们都住在俄亥俄州，我们才刚认识，而且……而且，如果她能脱险，我希望以后还能再见到她。"

约翰眨了眨眼，不过却板着一张脸。

"我亲爱的汤姆，"他说道，"别让我照顾任何人——千万记得！我带上这三个女孩儿就是想让她们照顾我的！霍顿先生，我这三个侄女可得好好照顾下我这个老人家啊！您倒是别担心这些女孩们了，多担心一下我吧。"

这话一点儿都没安慰到这个可怜的家伙。除了友好地跟他们握握手，他也别无他法，不过他倒是"不小心"跟贝丝握了两次。祝福大家好运之后，他匆匆离开，回到他家人那儿去了。

"看到他离开我很难过。"贝丝诚实地说，"汤姆是个好男孩。"

"没错。"约翰也很赞同，"我希望我们能碰到和汤姆·霍顿一样好的人。"

中午，他们在自己的房间里吃了一顿简单的午餐。弗洛里亚努先生将重要文件存放到了安全的地方后，决定留下来为这些不怕死的客人们服务。他还成功地留下了几个服务生。他们比那些听到第一声警报就仓皇逃窜的人勇敢得多。尽管接下来的几天，服务依然不太到位，但也还勉强过得去。

下午时，天色突然就阴暗下来，浓厚的"火山灰雨"比之前来得更加猛烈。这是火山大爆发期间那不勒斯最难熬的一天，约翰和他的侄女们一直待在房间里，在一片刺眼的电灯下等着灾难过去。多亏他们明智地做了防范措施，阻挡了外面被严重污染的空气进屋。因此，他们应该和城市里的人一样，没怎么吸进火山灰。外面火山肆虐，想要完全不受火山灰的困扰，简直是不可能的。他们的眼睛和咽喉或多或少还是因为浮尘有些发炎了。姑娘们也说，这感觉就像是被封进了坟墓一样。

"好吧，姑娘们，那你们觉得国外怎么样呢，或者说欧洲怎么样？"约翰颇有些逗趣地问道。

贝丝和帕琪冲他笑了笑，但露易丝放下手中的旅行指南，抬头回答道：

"大伯，能到这儿，其实挺难得的。我也很高兴我们恰巧碰上了维苏威火山大爆发。只是……只是……"

"只是什么，亲爱的？"

"只是要保持卫生太难了。"这位有点儿洁癖的侄女说道，"连水里也全是渣滓，我敢肯定我的脸现在看上去就像个扫烟囱的清洁工。"

"你呢，贝丝？"

"我不喜欢这里，舅舅。虽说这会成为我们回家后拿出来炫耀的经历，但我还是更喜欢晴天的那不勒斯。"

"没错，是这样的。"露易丝插嘴说，"我愿意承受这些不适的唯一原因，就是因为成千上万的人都能看到阳光下光鲜亮丽的那不勒斯，但很少人看过维苏威火山大爆发。回家后，我们会有极大的优越感。"

"啊，这也就是我选择这个时间带你们来的原因。"约翰俏皮地眨了下眼睛说，"我离家前，就预定了这次火山爆发。我必须得说，他们发货动作可真快，立刻就把事情办好了。那帕琪你觉得呢？"

"您说得没错，舅舅。不过，如果可能的话，您能让他们停一下了吗？因为我们都已经受够了。"

"你不喜欢欧洲吗，嗯？"

"如果整个欧洲都被火山包围了，就算是走路，我也要立刻回家了。但是地理学家并没有提到太多火山口，我们也最好坚持下去，希望欧洲其他地方的情况会好一些。爸爸听到这个消息一定会担心死的。"

"我已经给他发了电报。"约翰回答。

"您说了什么？"帕琪急切地问道。

"平安无恙，大家都很享受这儿的焰火表演。"

"我很高兴您这么说！"帕琪回答道，深深感激舅舅的周到，"我离开少校，对他而言已经够糟了，更别说让他为我担心了。"

"唉，我就没人担心。"贝丝一脸消沉地说。

"我妈妈也很少看报纸，即使看了，也只是为了看看社会新闻。"露易丝接着回答说，"我怀疑她都不会知道火山喷发的消息，除非是上校碰巧告诉她。"

"我给他们都发了电报。"约翰回答，"他们应该知道他们的宝贝儿一切都好。"

虽然他们试着通过打桥牌让气氛变得欢乐些，但这个晚上仍然过得很乏味，因为只有约翰和露易丝比较擅长打牌，另外两个姑娘就完全是门外汉。时不时地，火山喷发出的巨大声响会将窗户震得颤抖起来。不过，他们逐渐习惯了这些响声，不再在意。

早上，风向又变了。虽然空气里仍布满了灰尘，但也能看清附近的景物，甚至还能看清正在朝天空喷着黑烟的维苏威火山的轮廓。

早饭后不久，安杰利上校就来了。他穿着一套簇新的制服，好似邻家大男孩的脸上，也像往常一样，挂着让人愉悦的微笑。

"维苏威火山稳定多了。"他说，"但是这个淘气鬼已经干了很多坏事儿，给我们可怜的人民造成了巨大损失。像赫库兰尼姆，博斯科特雷卡塞这些地方都被火山灰掩埋了，就跟曾经的庞贝一样。我们的奥塔雅诺也被埋在灰烬中了。我给你们一点儿建议吧。今天你们可以出发去索伦托，在那儿玩一阵子。等到我们把街上的灰尘清理干净，再让那不勒斯以舒适的环境迎接你们回来吧。我现在必须尽快赶到受灾的小村庄。我的士兵已经和红十字会的人一起过去了，我们要尽全力帮助那儿的人。到时候我会给你们发消息让你们回来的，你们现在如果继续待在这儿的话，也是什么都看不到的。"

"我相信这是个明智的建议。"约翰说。

"索伦托没有火山灰。"上校继续说，"你们在那儿观赏火山会比在那不勒斯好多了。今天公爵和公爵夫人将会向无家可归、饱受饥饿的人施与援助，明天国王陛下也会亲自来视察这里的受灾状况。哎，虽然我们灰头土脸，却没有灰心丧气。我相信您会原谅那不勒斯此时的招待不周。"

"当然。"约翰说，"这座城市现在乌云笼罩，但它的人民都是好样的。我们对您为我们所做的一切深表感谢。"

"可惜我做得还是不够！"上校说着，语气中有些遗憾。

他们将一些比较重的行李留在维苏威酒店，带了些轻便的外套，简单地收拾了下行李，就登上了轮船。这艘汽轮将穿过海湾，驶向索伦托。甲板上挤满了急着逃离这座城市的人。约翰只得花了一大笔钱贿赂了一个乘务员，才给他们弄到4个位子。这笔钱会让强盗都觉得撞大运了。

旅程很短却很有趣。当他们从还在冒着青烟的火山下面穿过后，就进入了一个空气清新的地方，这里没有一丁点儿让他们之前烦恼不堪的火山灰。索伦托高高的绝壁上修建着美丽的别墅和大酒店。这些建筑在强烈的阳光下闪闪发亮，就像镀上了一层抛过光的银箔似的。约翰一行都很享受安杰利上校这个令人愉快的安排。

他们上岸后，电梯很快把他们送到悬崖顶上一个维多利亚式的露台上。这是一个漂亮的小旅馆，附近有绚烂的花丛和茂密的灌木。他们迅速安顿下来，准备开始真正享受传说中的"阳光意大利"。

第九章　费朗蒂伯爵

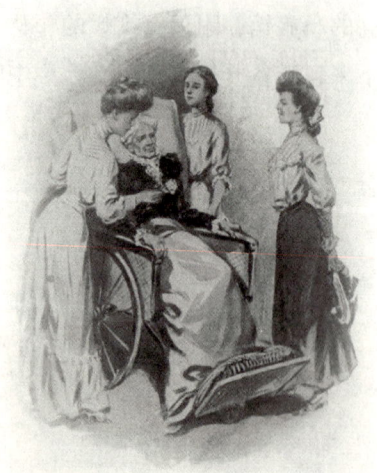

晚餐时，酒店通知各位客人，晚上九点将在大厅举办著名的塔兰台拉舞会。女孩们跟约翰说，她们一定不能错过这个在索伦托甚至在整个意大利都独具特色的盛会。

晚上，当他们一行人走进这别致的圆形舞会大厅时，露易丝惊讶不已。大厅里已经聚了不少人，她似乎在人群中看到了一张熟悉的脸。她迟疑了一会儿，还是走上前去，向一位绅士伸出了手。那位绅士一看见她进门，就已经起身走了过来。

贝丝觉得，这个年轻的小伙长得很帅，颇有些异域风情，身上还有着一丝高贵的气质。

此时，露易丝的脸颊莫名有些泛红。她向大伯和表妹们介绍说他是费朗蒂伯爵，是在纽约认识的朋友，当时伯爵正在美国旅行。

伯爵捻了下稀少的胡子，帕琪觉得这个动作有些做作。他接着用流利的英语说道：

"很荣幸能见到梅里克先生和各位小姐。希望你们能喜欢我美丽的祖国。"

"您是意大利人？"约翰审视着这年轻人，问道。

"是的，梅里克先生。但我待在纽约的时间偏多，所以倒不如说，我是你们那伟大城市的养子。"

"纽约倒确实收养了不少人。"约翰干巴巴地说，"还一时糊涂地收养了我。"

说话间，舞者们入场了。这群人赶紧找了个位置坐下来，免得挡住了其他人。费朗蒂伯爵找了个离露易丝近的位置，不过整场舞会中，好像也没怎么和露易丝说话。

　　这些演员都是当地的农民，他们穿着本地服装，满是欢欣地向来自各地的客人们表演了独特又优雅的舞蹈。他们对自己的舞蹈非常自豪，并且急于取悦这群游客。塔兰台拉舞发源于伊斯基亚，但是最棒的舞者却在索伦托和卡普里岛上。

　　舞会后，约翰和姑娘们来到阳台旁眺望远处的火山。火山喷出的厚厚的云烟飘到天上，其中还混杂着冒着火星的炽热熔渣。伯爵靠向露易丝的那一边，但也注意和她的两位表妹礼貌地交谈。那晚姑娘们回到房间后，帕琪跟贝丝说那个意大利人"太傲慢了"，不适合露易丝。贝丝倒觉得，他的举止和露易丝其实很像，他俩应该会相处得很好。

　　约翰希望侄女儿们多交些朋友，也鼓励年轻的男士们去认识她们。但那个乳臭未干的意大利贵族的种种表现，只给约翰留下了华而不实、虚伪做作的印象。他暗自决定要好好调查下这小子的来历，再考虑能不能让他继续和自己的侄女交朋友。

　　第二天早饭后，约翰在大厅散步，忽然在小办公室门前停了下来。他发现这家旅馆的老板竟然是那个维苏威旅馆老板弗洛里亚努的兄弟。约翰立刻抓住这个话题和他聊了起来。这老板的英语十分流利，对待客人也彬彬有礼，特别是对美国客人。

　　"我看到您和费朗蒂伯爵在一起。"约翰说道。

　　"和谁，先生？"

　　"费朗蒂——费朗蒂伯爵，在那儿呢，那个站在窗边的年轻人。"

　　"我——我不认识他。"老板迟疑地说，"那位先生是昨天晚上才到的，我还来不及问他叫什么名字呢。让我看看。"他拿出客人的名单。客人都是用卡登记入住的。他继续说到："嗯，是的。他的确是叫费朗蒂，但是名册上没有加头衔。伯爵吗？他是这么说的？"

"是的。"约翰回答说。

老板好奇地望向那个年轻人，却只看见他的背影。然后，老板岔开了话题，说起维苏威火山爆发的强度正在减弱，麻烦即将过去之类的话。

"费朗蒂是一个体面的家族吗？"约翰却想打破砂锅问到底。

"这个我不能告诉你，梅里克先生。"

"噢。可能是您对贵国的贵族了解不多吧。"

"我！我不知道自己国家的贵族？"弗洛里亚努忿忿不平地说，"尊敬的先生，整个意大利，没有哪个人能比我们这儿更全地记录着贵族的信息了。"

"但您刚刚才说您不认识费朗蒂家族呢。"

老板伸手翻看了一本桌上的书，说道：

"仔细看看，先生。这个是我们对贵族家族的记录。相当于是《蓝皮书》或是《英格兰贵族》。我也说不上是幸运还是不幸，不过，在美国您就没必要弄一本这样的书了。"

他翻了翻那本记录，手指滑到了"Fs"那一栏。

"你来找找看，看里面有没有费朗蒂伯爵家族！"

约翰瞧了瞧，又戴上眼镜仔细地看了一遍，里面的确没有费朗蒂这个名字。

"没有这个伯爵，弗洛里亚努先生。"

"也没有这个贵族家族，梅里克先生。"

约翰轻轻地吹着口哨,走到窗边。那个年轻人微笑着向他致意,并且鞠了一躬。

"我昨晚把您的名字听错了。"他说,"我还以为您是费朗蒂伯爵。"

"您没有弄错,先生。"他连忙答道,"这是我的名片。"

约翰接过名片,念道:

"伦纳迪·费朗蒂伯爵,米兰,意大利。"

看完后,他小心翼翼地把名片放进皮夹子里。

"谢谢您!"他说,"今天早上天气不错啊,伯爵。"

"所言极是,梅里克先生。"

约翰说完就离开了。他很高兴自己之前对那个年轻人的怀疑不是在冤枉他。只要骗局被拆穿,就不会有危险了。

他回到侄女那儿,看到她们正忙着给家里写信,便随口说道:

"露易丝,你被你的意大利朋友骗了。他既不是什么伯爵,也并非来自贵族家庭。不过我觉得你在纽约碰到他的时候,他应该是拿出了贵族该有的派头吧。"

露易丝顿了一下,若有所思地盯着自己的笔。

"您确定?"

"当然了,亲爱的。我查过意大利的贵族名册,上面可没他的名字。酒店的老板弗洛里亚努知道所有的意大利贵族,他也从来没听过费朗蒂的名字。"

"这太奇怪了!"露易丝叫道,"我不明白他为什么要骗我们。"

"哎,这个世界到处都是骗子。但是,如果你看穿他们的把戏，他们就没法伤害到你了。所以无论如何，我们也不会再给这个年轻人机会了。我们最好躲开他。"

"他……他看起来很好啊，而且很绅士。"露易丝吞吞吐吐地说道。

另外两个女孩相互看了一眼对方，不过什么也没说。约翰也不知道还能说什么。他觉得现在很尴尬，因为露易丝怎么说也是三个女孩中最成熟的一个。他也不想摆出一副监护人的架子，剥夺女孩儿们任何转瞬即逝的快乐。况且，露易丝还爱着她妈妈强烈反对的那个叫威尔登的年轻小伙，她应该不会太在意这个意大利人。况且梅里克太太也叮嘱约翰，让他帮忙让露易丝不再去想那些"纠葛"。

"哦，好吧，我亲爱的。"他说道，"你得做自己觉得合适的事。我觉得我们以后在任何场合都不会再见到这个年轻人了。因为你已经知道了他是个骗子，所以不用我唠叨，你也该知道怎么处理了。"

"我会非常小心的。"露易丝一边继续写信，一边慢慢地回答。

"那么，孩子们，我们去村子里散散步怎么样？"约翰问道，"我听说那儿是个买丝织品和镶木盒子的好地方。我猜，那儿一定有各种各样的东西。"

贝丝和帕琪高兴得跳了起来，但露易丝说她还要再写几封信。这样，其他人便丢下她，用了一整个上午的时间淘遍了索伦托的古玩店，还去看了塔索的塑像，欣赏了和美国迥然不同的街景。这可算是他们第一次身处异国他乡，近距离地观察异国风俗呢。之前在那不勒斯，他们能看到的只有无尽的黑暗和飘落的火山灰。

第十章 通往阿马尔菲的路

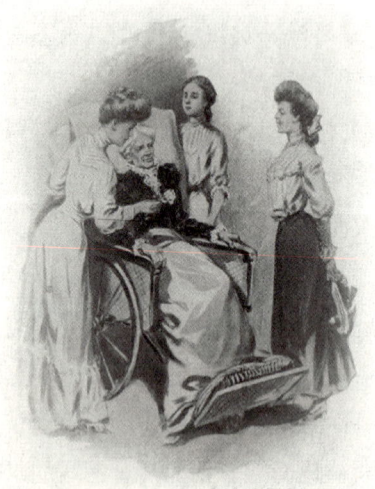

维多利亚酒店面朝那不勒斯海湾。酒店背后是著名的花园，穿过花园就到了索伦托窄窄的大街上，离塔索广场也就不远了。

当他们一行人出现在街上，立刻就被一群马车夫盯上了。车夫们一边喊着一边朝他们跑来，还疯狂地挥舞着鞭子，想引起他们的注意。其中一个高个儿马车夫穿着蓝金相间的制服，高高的帽子上别着一枚印着"在英国"字样的徽章，长靴闪闪发光，看起来非常威风。因为他那双长腿，他很快超过了其他几个马车夫，气喘吁吁地跑到约翰跟前，祈求客人选他的马车。"我的车是镇上最好的！"

"我们不想坐车。"约翰回答。

马车夫继续恳求着。舅舅心里很清楚，不管是去阿马尔菲，或是马萨卢布伦塞或是圣阿加塔，就算是去红色沙漠这些地方，都是必须要雇马车才能去的。其他几个车夫站在一旁安静地听着两人对话，显然已经不打算来争夺客人了。

约翰不为所动。

"我们今天只想逛逛这镇子。"他说，"不过我们想自己走路，不坐车。"

"但是先生,这可是阿马尔菲的街道啊！你们很快就会明白没那么好走的。"

"明天再说吧，今天就算了。"

"明天，先生！明天也很好呀！先生，您明天想几点出发呢？"

"不要再烦我了！"

"舅舅，我们明天还是坐车去阿马尔菲吧！"贝丝建议道，"坐车才是对的啊，舅舅。"

"好吧，我们明天去。"

"先生，您坐我的马车去吗？"高个儿马车夫几乎乞求着说道，"这可是镇上最好的马车呢。"

"让我们先看看车。"

一众马夫立刻跑回广场，约翰和姑娘们则慢悠悠地跟在后边。广场上停着一排马车。这位穿戴整齐的马车夫已经站在了自己的车旁边。这辆马车很新，闪闪发亮。靠垫也非常漂亮，显然是精心打理过了。再前面，是一对拉车的骏马。

"先生，这马车漂亮极了，不是吗？"他自豪地问道。

"还不错！"约翰点头赞同地说，"明天九点来接我们吧。"

车夫一口就答应了。此时，其他马车夫对这桩生意也失去了兴趣，再也没人上来打扰他们了。

他们当晚整理好了去阿马尔菲的所有信息。所有人都很高兴，就连露易丝也和大家一样热切地期盼着这趟旅行。通向阿马尔菲的这条路举世闻名，是在海边的悬崖上开凿出来的，并且随着岩石轮廓的高低起伏蜿蜒着。

他们早起吃了早餐，九点钟时已经一切准备就绪。但当他们到了花园的大门时，却发现只有一辆破车停在门前。

"您知道我定的马车在哪儿吗？"约翰一边问马车夫，一边扫视着周围。

"就是我啊，先生。您定的就是我的车，难道不是吗？"

梅里克先生仔细地打量着他，确实双腿足够长，却没有穿那身漂亮的制服。

"您的制服去哪里了？"他问。

"哦，我把它放家里了，那条路上的灰尘太大，我从不在工作的时候穿漂亮的衣服。"车夫回答道，毫不害臊地笑着。

"先生，那辆漂亮的马车和那两匹好马又去哪里了？"

"哦，先生，那辆车不行，我发觉那辆车的车况不太好，完全不行，不适合长途旅行，所以我就没驾那辆车出来。我这么善良的人当然不希望您这么好的先生受累受苦啊！看看这辆车多棒啊！它像羽毛一样轻盈，而且还很牢固！"

"它可能是只鸟，不过看起来不怎么像。"约翰深表怀疑，"我租的是这镇上最豪华的马车，你却带来最糟糕的一辆。"

"上车吧，先生，别人都看着我们呢。反正这儿只有这一辆车！我们回来的时候，您一定会感到满意的。"

"好吧，我们只能坐这辆车了。"这小个子男人无奈地说，"上车吧，亲爱的！"

他们上了那辆看起来真是破旧不堪的马车。不过虽然车里到处都破破烂烂，但座位还是挺宽敞舒服的。马车夫爬上了驾驶室，挥舞起鞭子，瘦削的老马便拖着马车缓缓向前了。

他们路过广场时，约翰立刻看到了他昨天雇的那辆漂亮马车。它还停在昨天的位置，只是旁边站着另一个穿着华丽制服的男人，这套制服正是车夫说的他放在家里的那套。

"嘿，停下！我叫你停下！"他愤怒地朝车夫喊叫。但是车夫就像聋了似的,毫不理会。他头也不回,挥起鞭子。马车咯咯吱吱地穿过了大街。姑娘们哈哈大笑起来。约翰不再挥手,嘴里不断地抱怨着坐回了座位。

"我们被骗啦,姑娘们!"他说,"被那辆漂亮的马车和那套华丽的制服骗了。不过我们最好还是随遇而安。"

"是的!"帕琪应和着,"舅舅,这辆车还行,虽然没有昨天的漂亮,但我觉得昨天那辆就是摆在那儿吸引顾客的,并不实用。"

"对极了!"他回答道,"但是我还是会给这个坏蛋一点儿颜色看看。"

清晨又阴又冷,但是维多利亚酒店的门童告诉他们太阳很快就会出来,气温也会回升。太阳确实出来了,但照在大地上却没什么温度,而且没多久就消失了。约翰后来总结了一下,说是去阿马尔菲的这一天,经历了七种天气:晴天,雨天,冰雹,下雪,暴风,然后再次下起了雨,最后有了些阳光。"阳光意大利"这个称号在今天显得有些名不副实。其实意大利冬春两季的天气也都变化无常,仅比美国中东部地区好一些。意大利冬天也没什么取暖的方法,或许比美国的冬天更难捱。不过那些意大利人,哪怕冻得瑟瑟发抖,脸色发青,也会告诉你他们一点儿也不冷,因为他们才不会说自己国家一丁点儿的坏话。但是游客们很快就招架不住了,尤其是美国人,他们常常抱怨那些英国作家写的文章都是骗人的。那些作家常年生活在阴冷的岛屿上,一看到意大利的阳光就觉得找到了安慰,于是夸张实情,惊呼这是个"洒满阳光的国度"。一个多世纪以来,他们都在狂热地赞美意大利。这些溢美之词也受到了全世界的认可——直到后来人们亲自来到意大利,才发现事实并非如此。

意大利本来很漂亮，它充满魅力，令人愉快。但是它的冬天或是早春却不怎么样。

这边，马儿以惊人的速度飞奔着。他们穿过索伦托风景如画的小巷，翻过山坡就到了半岛的另一边。姑娘们在那儿俯视着萨莱诺湾，塞壬（希腊神话海妖）美丽的岛屿就在她们的眼前。

这条著名的马路沿着海岸线修建，直达索伦托，全世界独一无二，因为它直接从海边绝壁上开凿出来，路面距海平面大约五百尺，只有一个低矮的石栏杆保护着来往的路人，避免他们掉进万丈深渊。前方的道路随着悬崖一同上升，直达天际。依坡而建的几座漂亮房子点缀在崎岖的路旁。葡萄园看起来也像是会随时滑下来，砸到那些胆小的朝圣者的头。

天这时开始下起雨来，大家将马车顶部的篷子撑了起来，不过也只能遮住一部分。雨很快就停了，不久，豆大的冰雹噼噼啪啪砸在马车脆弱的篷子上。大家在毯子下挤作一团。不过还好，太阳突然又出来了。马车夫也脱下了他的皮围裙，一边挥着鞭子，一边快乐地哼着小曲儿。马车在平滑的路面上起起伏伏地驶过。

四个人再次放宽心，欣赏起蜿蜒山路上每一个转角处呈现的美景。他们有时会沿着峡谷边缘驶过，这时，向下望几百尺，就会看见渔夫们坐在他们的小屋前忙碌地织网。从这个角度看，沙滩上扬帆起航的渔船仅仅是玩具船。他们还跨过一座狭窄的石桥，挤过山间裂开的缝隙，然后峰回路转，回到了海滨悬崖的险要位置。但不论从哪个角度看，这条路都像这座山一样坚固，看起来十分安全。

他们只匆匆看了一眼波西塔诺小镇,因为当时马车正绕着一块儿巨石走着。不料,这次"探险"最精彩的部分突然来临了。没有丝毫征兆,一阵狂风呼啸而来,将他们团团包围。狂风的力度和速度不断增加,连马儿都睁不开眼,被风推向低矮的栏杆。马车也随之往后打滑,好像就要掉入深渊。

这时,马车和石墙相撞,整个车倾斜得十分厉害,马车夫被直接头朝下地抛了出来,但他紧紧抓住缰绳才没有掉下去,但整个身体已经挂在绳子末端摇摇晃晃。与此同时,两匹发狂的马受他的重量牵制,开始不停地抽搐,上下跳跃,好像随时都要带着整个马车摔下悬崖去了。

就在这千钧一发之时,一个骑马的人突然从后面冲上前来营救他们。这骑马人其实一直跟在他们后面,只是他们没有注意到。他抓住快要坠落的马头,自己已然身临险境,却试图帮助马匹克服恐惧。马车此时斜靠着墙,马车夫在天和海之间,可怜地尖叫,岌岌可危。

贝丝此时顺着座位滑到了栏杆上。她勇敢地走向还套着受惊马儿的缰绳,花了很大的力气抓住了缰绳。

"紧紧抓住它!"她冷静地对悬空的马车夫说道,并且开始一点点把他往上拉。

这车夫立刻明白了贝丝的想法,马上鼓起勇气试着立足在岩石的缝隙上,好帮她减轻绳上的重量。本来就有一块儿细长的石头在他上面,现在终于抓到了。一番努力后,贝丝抓住了他的手臂。又费了些劲儿,这车夫就自己抓住栏杆,回到了一个比较安全的位置上。

这场狂风来得快,去得也快。马嚼子上的拉力一松下来,两匹马一下就平静了。车厢里的人还没完全意识到发生了些什么，冒险就已经结束了。危险解除，一切又恢复了正常。

约翰跳出了车厢，露易丝和帕琪跟在他的后面。那个来帮忙的年轻骑士不是别人，正是年轻的费朗蒂伯爵，那个不值得他们相信的人。他坐在马上，神色诧异地看着贝丝。车夫正跪在贝丝的脚下，眼泪顺着他古铜色的脸颊流了下来。他用蹩脚的英语，又混着些意大利语，咕哝着说是感谢日历上所有的圣人，感谢这位姑娘将他从死亡的边缘拉回来，他要用自己的余生为她服务。

"真棒！"费朗蒂喃喃地说，"这个小丫头怎么能干这么伟大的事？"

"这也不算什么。"贝丝红着脸回答道，"我在克拉夫顿市的体育馆里做过类似的训练，我比看起来强壮多了。"

"她很冷静！"帕琪给了她表妹一个充满敬意的拥抱，"我们大家都害怕得要命时，她却还能镇定地思考。"

约翰一直在观察伯爵，他发现这年轻人的手无力地垂在一边。

"先生，您受伤了吗？"他问道。

费朗蒂笑了笑，目光停在了露易丝身上。

"梅里克先生，我可能是受了点儿轻伤，不过没关系，当时两匹马都很狂躁，我想要拉住它们的时候，扭伤了手腕。我感到什么东西折断了，可能是一块小骨头。但我确定暂时还没事。"

"我们最好返回索伦托。"约翰突然说。

"求求你，别因为我而回去。"费朗蒂立即央求道，"现在离阿马尔菲还有一半的路，所以你们最好继续走。我的话，如果手腕确实不适，我也会在阿马尔菲找个外科医生看看——当然，如果你们允许我跟着你们的话。"

他一边说一边鞠了个躬，用探寻的眼神看着约翰。

约翰找不到任何理由拒绝。也许这个年轻人不是个伯爵，但他在大家遇险时表现出了足够的勇气和男子气概，让大家对他心存感激。

"欢迎您加入我们！"约翰说。

马车夫修好了一个坏掉的皮带，又把整辆马车检查了一遍，发现基本没有损坏。

马儿此时也温顺地站在一旁，好像从来没有经历过刚才那恐怖的一幕似的。约翰和姑娘们又爬上了马车，车夫也回到驾驶座上，他又像平常一样精神抖擞地挥起了鞭子。

狂风早已骤然急停，他们穿过了距海平面四百尺高的波西塔诺镇。马车在燕子安家的悬崖边起起伏伏地行驶着——大片的雪花漫天飞舞，落在他们周围。

费朗蒂伯爵骑着马，和约翰的马车并排走着。他紧紧地抿着双唇，没有说话。姑娘们悄悄地观察他的脸色，也颇有些肯定他手腕上受的伤比他刚才说的严重多了。

走到波西塔诺镇边的悬崖附近时，太阳出来了，湛蓝的天空光芒四射，不禁让这群人纳闷刚才的坏天气都去哪儿了。

从普莱伊亚诺到阿马尔菲，一路阳光明媚，温度适宜。中午，一行人来到了古老的卡普奇尼修道院的小门楼前。这里现在已经成了一个颇受游客青睐的酒店。费朗蒂伯爵答应等会儿过来找他们，然后就骑马进城去找外科医生，治疗手伤去了。约翰一行人则慢慢爬上一段蜿蜒曲折的斜坡，前往这座

1212年修建的修道院。

　　修道院休息区那条满是树木装点着的走廊是欧洲著名的景点。姑娘们便坐下来欣赏美丽的景色，约翰则忙着安排一位漂亮的女士（她曾经在美国生活过）为姑娘们准备午餐。

　　一个小时过后，当大家坐下来开始午餐时，费朗蒂伯爵回来了。他的手上缠着绷带，挂在一根吊腕带上。他简单回答了露易丝温柔的关心：

　　"和我想的一样，我的一块小骨头骨折了。但是我找的大夫技术高超，他说我的手能恢复到没受伤时的样子。"

　　尽管费朗蒂很勇敢，却也吃不下午餐，只喝了一小口红酒。在返回时，约翰看着他苍白的脸，坚持让他坐在马车里。贝丝想要把他的马骑回去，但却没有多余的马鞍。最后，他们把这匹马栓在摇摇晃晃的马车后面，而贝丝则爬到驾驶室，和车夫一起驾驶。

　　一路上天气都很好，快到索伦托的时候，又下了一场阵雨。他们湿淋淋地回到了酒店，全身污泥，却对今天的旅行和冒险感到无比兴奋。

第十一章　大展神威

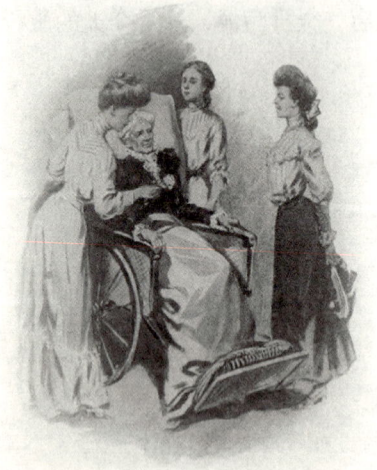

尽管阿马尔菲声名远扬,我们的主人公们还是决定在索伦托逗留些时日再出行。索伦托早晚很冷,白天却温暖舒适。于是,姑娘们常常带上些书或是拿上些手工活到美丽的花园里消磨时光,又或者在狭窄的小巷里闲逛。小巷两旁是高高的院墙,尽头则通常是精致的别墅和橘红色的小果园。有时,门是开着的,果园的主人会热情地邀请姑娘们进去逛逛。嗅着甜蜜的果香,品尝美味的水果,这样的优待在南部的其他地方是找不到的。约翰、贝丝和帕琪也时常跑去木艺小作坊参观。木工们灵巧的手指,敏捷地游走在五色木头上,好似跳着华尔兹,让他们叹为观止。露易丝大部分时间则待在花园里,而费朗蒂伯爵这个"伤残病人"则心满意足地坐在她旁边,跟她聊天打趣。

即使约翰发现了费朗蒂用的是假身份,露易丝却依然很喜欢这个年轻人,也默认了他对自己的爱慕。这年轻人行事尚且有些稚嫩,却谈吐不凡。手腕上的绷带也向姑娘们昭示着他的勇气和机智。她们对他也越来越感兴趣,因为前一刻他明明已经没戏了,不过他受伤的手又为他争取到了机会。

约翰暗自观察着这个年轻人,但也看不出有什么不对劲的地方,除了他确实向他们隐瞒了自己的真实姓名和身份。不过以他丰富的阅历来看,这年轻人身上让人钦佩的品质很少。约翰觉得他的姑娘们肯定不会被这样稚嫩的意大利人迷了心智。所以,他也允许费朗蒂和自己的侄女们在花园里闲聊,不然的话,也显得有点太不近人情了。

"多一个伴儿好多些照应。"他这样思索着,"谢天谢地，我们也还算一路平安。"

一天，他们去了卡普里和蓝洞，在当地的奎西萨纳酒店吃了午饭。下午也就留在那儿游玩了一番。但卡普里的魅力还是比不上索伦托。之后，他们还是兴高采烈地回到了古雅的索伦托小镇，回到了令人愉悦的花园。

一周时间转瞬即逝，他们收到了安杰利上校的来信，邀请他们重返那不勒斯，欣赏火山爆发平复后的景色。他们当然非常向往，于是和弗洛里亚努老板告别，离开了他家舒适的酒店。轮船穿过海湾时，他们惊讶地发现"维苏威"已经完全变了样，不似他们当初离开那不勒斯时那般阴沉沉的。现在这里充满了生机，所有的危险已经过去，游客们又蜂拥入城了！小城还掩盖着一层火山灰，在阳光的照耀下，倒也不显得衰败。人们推着成千上万的小车，忙碌地清扫着街道上的火山灰，再倒进海湾。不过那不勒斯城要重回之前的容光还是需要好几个月的时间。

上校亲自带着他们去了火山爆发中受灾最严重的小镇。在博斯科特雷卡塞，整个小镇被厚厚的火山灰掩盖着。沿岸的灰烬如同硕大的沙丘，足足有20-30英尺厚，几乎把整个山谷都填满了。地上的岩浆还十分灼热，他们必须不停地走动，以免脚底被烫起水泡。这堆岩浆的温度得再等好几天才能降下来。

他们穿过尘土飞扬、已经废弃了的葡萄园，奔向了圣朱塞佩。那儿的一座教堂屋顶垮塌了下来，砸死了140人，还有多人受伤。街上到处都是红十字标志的帐篷，整个小镇俨然成了一家巨型医院。而奥塔雅诺，因为离火山比较近，已经被埋在了厚厚的火山灰和矿渣之下。百分之九十的屋顶都被砸垮了，所以这里的建筑现在都没有屋顶。

从这儿能清晰地看到维苏威火山。它的形状已经彻底改变了，火山锥的高度下降了近65英尺。火山渣形成的庞大的石堆散落于方圆数英里之内，它们的大小差不多抵得上十二座维苏威火山了。而这些火山灰和矿渣可都是瞬间从同一个火山口喷发出来的，真是太神奇了！

那不勒斯的人们无精打采，慢悠悠地打扫着房屋，不过他们看起来还是和从前一样开朗。火山虽然令人饱受煎熬，但他们默默地承受了这一切。戏院还要隔好几周才会开门，好在雄伟的国立博物馆已经开放。里面的青铜和大理石雕像在世界上都是独具一格的，自然立刻吸引了约翰和他的侄女们。

也就是在这个博物馆，约翰生平第一次被捕，这也让他终生难忘。

那不勒斯的假钞很是猖獗，因此约翰从不接受他人找的零钱。他的硬币和纸钞都是直接从政府监管的意大利商业银行取出来的。但有一天早晨，他和姑娘们坐车去博物馆，下车时，他付给了车夫1里拉。但还没来得及跨上博物馆的台阶，就被车夫从后面叫住了。他举着一块铅灰色的硬币，大嚷着约翰付给他的是假钞，必须要重新换一个真钱。约翰并没有理会这常见的欺诈伎俩。不过这可怜的美国人很快就被当地市卫队警官单手扣住了肩膀。这警官头上戴着一顶帽子，身着深蓝色的制服，上面点缀着黄色的纽扣。

约翰非常生气地挣脱了，但这警官很快又跟了上来。博物馆里的翻译这时走上前向约翰解释道，如果约翰不给车夫换一枚真币的话，这个警官就会把他带去警察局。

"我给他的是一枚真的硬币，是从银行里取出来的。"

约翰大叫道。

"但他拿着的是一枚假币。"翻译往后看了看,冷静地告诉他。

"他是个骗子!"

"他是那不勒斯的公民,有权获得正当的报酬。"翻译耸了耸肩,帮腔道。

"你们这是同流合污!"约翰愤慨地说道,"你们休想从我这里得到一个子儿,我保证。"

就这样,这位固执的美国人被捕了。姑娘们则留在了博物馆,费朗蒂负责照顾她们。费朗蒂当时没有参与争辩,只是请求约翰给钱消灾。"犯人"约翰最后还是坐上了来时的马车,被警官护卫着驶向了当地法官的办公室。

法官不懂任何英语,但他怒目圆瞪,一脸不悦地看着带到他跟前的美国人。警官和车夫都恭敬地向法官深深鞠躬,低声陈诉这"犯人"的罪行。而约翰则大摇大摆走向法官的办公桌,一拳砸在了书桌上。他脸上还带着藐视,大吵大闹地威胁要安排战舰,将那不勒斯轰飞。

法官怔住了,急忙命令警官检查这"犯人"是否带有武器。约翰握紧双拳,一时也没有人敢近身检查。

车夫这时被吩咐出去找会讲英语的人。当翻译终于来到了现场后,这美国人要他们把他送去美国领事馆,同时提醒法官说现在除了战争,什么都不能解决他们对他的冒犯。

法官一脸不悦,不愿将这事捅到使馆去。于是他提出,只要约翰答应给车夫换一枚真的里拉,就马上放了他。但公事费还得给个5里拉,不然3里拉,至少也要2个里拉。约翰直截了当地拒绝了,一个子儿也不出。只有鲜血和战争才能解决这场国际争端。领事馆马上就要准备战舰和军队了,他坚持说道。这样一来,双方都没法妥协。

法官倒开始害怕起来了。警官也害怕得瞪大了双眼,身子也摇摇晃晃起来。很明显他犯了个巨大的错误,不该拘捕这疯狂的美国人。他一定是个重要的人物,都闹到要向他们宣战的地步了。车夫、法官、警官和翻译只能凑在一起,情绪激昂地用约翰听不懂的意大利语激烈地讨论着。约翰则在一边,继续大嗓门地嚷嚷着要让这个国家瞬间灭亡,而他们几个人就是这场浩劫的罪人。

最后,他们将这恼怒的美国人再次塞进了马车,匆匆把他载回了博物馆,放在了当时逮捕他的楼梯前。随后,警官和马夫一溜烟儿跑掉了。

胜利的微笑浮现在约翰的脸上,姑娘们也急忙迎上前来。

"您又给了一个里拉吗?"帕琪急切地问道。

"当然没有啦,亲爱的,"他挑了挑眉,"虽然当时有许多凶狠的的警察、法官,但苍鹰一鸣,惊空遏云。他们自然是识相地躲开了。"

姑娘们都笑了起来。

"那这苍鹰是大展神威了吗?"帕琪继续追问。

"一点儿吧,但即使他只是在低鸣,也足以震撼这片旧土。好了,我们浪费了好多时间,走吧,赶紧去看《水仙》和《牧神之舞》吧!"

第十二章　一路前行

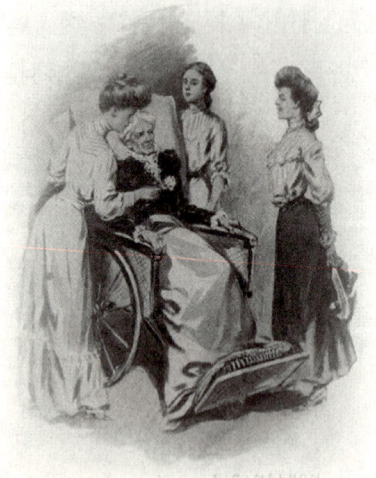

"这儿有封赛拉斯·沃森老伙计的信，"约翰满心欢喜地说道，"是从巴勒莫送来的，他和你们的朋友肯尼斯·福布斯在一起。他想让我们赶紧去西西里。"

"听起来很不错！"帕琪开心地笑了笑，"我也想再见见肯尼斯。"

"我猜，他现在已经是个大艺术家了吧！"贝丝沉思着说。

"这太奇怪了！"露易丝叫道，"今天早上，费朗蒂伯爵也告诉我，他正打算去巴勒莫。"

"哦？"约翰有些疑问。

"是的，舅舅。这难道是巧合？"

"这样的话，"他慢慢地说着，"那我们就得暂时和亲爱的伯爵，也不管他是不是伯爵吧，反正我们要和他小别一阵子了。沃森先生和肯尼斯刚刚离开巴勒莫，说是让我们在另一个地方和他们碰头。那个地方叫什么来着，我看看，是叫陶门提，还是陶米纳尔，还是其他什么名字来着？"

"让我看看，亲爱的。"帕琪说着，接过了信，"我可不相信有个什么陶米纳尔的。肯定不是，"帕琪拿着信，"是陶尔米纳。"

"是在西西里吗？"他问道。

"是的。听听沃森先生怎么说的：我们听说陶尔米纳是全世界最漂亮的地方，能够满足你对美丽地方的所有幻想。它在地中海边海拔800英尺左右的地方，被埃特纳环绕其中。"

"埃特纳！"约翰被吓了一跳，"那不也是座火山吗？"

"事实上，"贝丝这位小小地理学家说道，"埃特纳是世界上最大的火山。"

"会爆发吗？"舅舅颇为焦虑地问道。

"据说，它一直在喷发，但并不是很危险……"

"在欧洲旅行时，"约翰打断了他的侄女，"应该是去威尼斯，那儿是松脂的发源地。应该去瑞士，看他们制作巧克力，挤羊奶。然后去巴黎和蒙特卡洛，那儿的人狂欢作乐，将珍珠融入香槟中。众所周知，这才是真正的去欧洲旅行。我可从没听说过，有人会去西西里。我会写信告诉赛拉斯·沃森，我们稍后再和他会面，等我们回家以后。"

"可是西西里很漂亮，"帕琪抗议道，"我非常想去。"

"而且那儿很浪漫！"露易丝也附和说。

"大家都去瑞士和法国，"贝丝也评论道，"是因为他们不知道其他更好的地方。舅舅，我们做些改变，试点新鲜的，不要总是走常规路线嘛。"

"但是有火山啊！"约翰大叫着，"坚持去火山就是不走寻常路？"

"埃特纳不会伤害我们的，我确定。"帕琪说道。

"陶尔米纳不是有个希腊戏院吗？"露易丝问道。

"我从没有听说过，但是我觉得如果有希腊人在的话，应该会有吧。"他回答道，"我们为什么不等到回家后，去基斯或者汉默斯坦就行了？"

"亲爱的舅舅，这个剧院非常古老，说不定还有吟游诗人的演出呢！"

"好吧，姑娘们，你们既然那么想去西西里，那就去吧！我的初衷也是让你们能有一段开心的时光，不过，你们老是要去火山，这可不是我的错。"

"伯爵很有可能说的是去陶尔米纳，不是巴勒莫。"露易丝有些哀怨地说，"我当时没怎么认真听，我再问问他。"

其他女孩都没有接话。帕琪接着对舅舅说：

"舅舅，我们什么时候动身？"

"随你们，亲爱的。"

"那我提议现在就出发。"帕琪说，"我们已经领略了那不勒斯最美的风景，现在这里可有些灰沉沉的了。"

其他女孩儿也这样说。约翰于是出门到街上去打听到西西里的路，并着手安排相关事宜。

正好意大利航运总公司有一艘"维克托·伊曼纽尔"号轮船，明天晚上将从那不勒斯启航去墨西拿，后天早上就能到达目的地。约翰立刻订了位。第二天白天，大家都忙着打包行李，准备行程。和其他旅行者一样，姑娘们对这新的目的地充满了憧憬。

"我才知道西西里是个岛。"约翰嘟哝道，"看看我们的欧洲之行，居然是从这个岛开始的！"

"西西里是属于欧洲的啊，舅舅。"帕琪说道，"至少它是在欧洲，而不是在亚洲或者非洲吧！"

这话似乎有点儿安慰的作用，因此他又变得开心起来。

美妙的夜晚渐渐降临，但当浴缸状的轮船开始一点点远离海湾时，船身也开始上下左右晃动不止，甲板上的乘客们只得仓皇去找自己的舱位。

约翰发现自己的卧铺在一个密不透风的小屋子里，空气里混杂着焦油和一些说不出的难闻的气味。于是，约翰度过了人生最难熬的一晚。

天快亮时，他蜷缩着爬起来，整理好着装，走上了甲板。甲板比客舱好多了，他深深吸了一口气，略带咸味的空气瞬间让他清醒了很多。此时，天就快亮了。他看见右边的天空，似有一条火舌，想要吞噬这黑暗。

"先生，请问那是什么？"他问了问路过的船员。

"那是斯特龙博利，先生，是利帕里的大火山，一直都在喷发。"

约翰咕哝地抱怨道：

"左左右右都是火山，轰隆隆还在喷发。"他凄凉地念叨着，顺势倒在了椅子上。

天空不一会儿就亮起来了，空气的咸味也很快被甜蜜的香味所取代。

"看那儿，先生！"刚才过路的船员又走了过来，"前面就是埃特纳火山了——在船头您能看得更清楚些。"

"得了，现在前前后后都是火山了！"这可怜的男人悲叹道。但他还是走到了船头，隐隐约约看见了西西里岛的海岸，也看见了从岛上拔地而起几乎绵延了整个岛的火山。

此时太阳出来了，洒下金色的光辉，让整个场景变得更加梦幻。帕琪和贝丝也先后来到了甲板上。她们站在舅舅身边，已经全然陶醉在这片美景之中。

他们的船很快就驶进了墨西拿海峡，接着穿过了著名的锡拉岩礁和卡拉布里亚海岸。经过突起的法鲁海角，也看到了卡律布迪斯旋涡，这里正是墨西拿海湾围合成的"金色镰刀"区域的末端。

"这里真的是欧洲吗？我真高兴我们到了！"约翰长长地舒了口气。这时，轮船也准备在市政厅反方向抛锚了。"离开纽约后，我再也没见过此等美景！"

他们带着行李箱和手袋，登上了特里纳基亚岛酒店的摆渡船。一位昏昏欲睡的门卫守在那里。大家在客舱服务部接受了短暂的询问，在约翰确认没有带糖、烟草和香水上岛后，他们才跟着装满行李的手推车来到了酒店。

他们坐在酒店靠窗的位置，一边俯瞰繁忙的码头，一边享用美味的早餐。早饭后，坐着马车，进城去逛了逛。下午时，他们又坐上火车去了陶尔米纳。墨西拿看上去真是个好地方，但他们是要去陶尔米纳，不能再在路上耽误了。

他们坐在一个古雅的老式车厢里，沿着海岸线跑了好几个小时，终于，在贾尔迪尼这个小站下了车。

"我想一定是搞错了吧，"小个子约翰环顾四周，满是焦虑地说道，"我跟列车长说过我们是在陶尔米纳下车，可这儿哪儿有小镇啊，是什么鬼地方啊！"

约翰正在说着。贝丝发现从车站后面过来了一队马车。车上的马夫们有些已经睡着了，但另外几个围成一团，正用意大利语互相讨论一些粗浅的问题，比如加尼夫人的牛的左肩上是不是有块黑斑啊什么的。

马车车身上还贴着一些广告，像是"蒂迈欧酒店""圣多米尼克大酒店""海边城堡酒店""大都会酒店"等等。驾着"海边城堡酒店"那辆车的马夫好像刚刚才睡醒，正在揉着自己的眼睛。约翰对着他说：

"早上好，您休息得怎么样？"

"谢谢您的问候，先生，我现在觉得清醒多了。"那人回答道。

"顺便打听下,您能否告诉我们,陶尔米纳在哪儿?实在有些麻烦您,不过这对我们很重要。"

车夫举起手臂指向了前方。顺着他的手臂,大伙儿们看到了远处连绵起伏的悬崖峭壁,看起来根本就爬不上去。

"你们想去海边城堡酒店吗?"车夫礼貌地询问着。

"在陶尔米纳吗?"

"当然,先生!"

"您会载我们去吗?"

"十分乐意,先生。"

"哎,我可有些担心呢,您不会很快又睡着吧?"

车夫有些不快地看着约翰,"先生,这是我的工作,我会尽职尽责。坐我的车到我们雄伟华丽的酒店吧,您肯定不会后悔的。"

"那我们的行李呢?"

"先生,我们待会儿会为你们送到房间里的,不用担心。小包的话,你们可以随身带着。我的英语也非常好。我叫弗拉斯卡蒂·维耶特里,也许你们在美国已经听说过我的大名了?"

"即使听过,也记不得了。"约翰严肃地回答道。

"您去过美国吗?"贝丝问道。

"当然,小姐。我在芝加哥住过,你们都知道那可是在美国。我舅舅在南河开了家水果店,就是靠近芝加哥的那条支流。这还能有假吗?你们很快就会发现,在陶尔米纳,很少人懂英语,而且也没有人像我弗拉斯卡蒂·维耶特里讲得这样好。"

"您真行！"帕琪说道，对他产生不少好感。约翰这时已经有些不耐烦了。

"不好意思打断一下，维耶特里先生，"他提醒说，"如果您准备好了，那就出发吧。"

车夫立马答应了。他娴熟地将行李箱和旅行袋扔到了马车顶部，然后侧身为他的客人们拉住车厢门，热情邀请他的客人们上车。随后他也坐下来，扬起鞭子开始赶着马儿前行。有些车夫欢快地向他点头致意，有些却为他感到惋惜，虽然他接到了车上下来的唯一客人，但他们却一点儿也不嫉妒，反而觉得这车夫又得劳神费力载客人了。

马车出发后，约翰说道："你们发现这儿的车夫和我们那儿计程车司机的不同了吧？在美国，为了工作，大家像野兽般撕咬争夺，但这里，人们似乎还不愿意去赚这点儿钱呢。如果有个地方是介于这两者间的，那我肯定喜欢。"

"我们这是去最好的旅店吗？"露易丝问道。她看起来有些忧伤，因为从那不勒斯离开后，她就没见着费朗蒂伯爵了。

"我不知道，亲爱的，因为咱们是没得选，只能上这辆马车，其他酒店车夫看起来可不是很想载我们呀。"

此时他们正沿着一条从岩石中劈开的道路蜿蜒向上。这条道路很美，开阔且平稳，还有大理石砌成的防护栏。不时，他们也会看到些美丽的别墅，它们或是坐落于满是金黄橘子的果园中，又或是掩映在橄榄林和杏林中，但都没什么人烟。

道路呈"之"字形攀沿而上，上坡时需要走很长的路，转角又非常急，然后道路突然就转折向下了。不过马车也算是一直朝上，缓慢前进着。后来他们终于来到了一个开阔的地方。大家都能看到远在山脚的车站和远处悬崖旁的硕大石块。

"瞧！"弗拉斯卡蒂大叫着指向那石块，"那就是海边城堡酒店,这样的位置，是不是很棒？"

"有屋顶吗？"约翰颇有些讽刺地问道。

"当然有，先生！但是，我们现在在下方，是看不到的。"车夫严肃地回答道。

弗拉斯卡蒂不时停下车，让他们休息，向他们介绍此刻的景色。

"这是一条新路。"他说着，"我们也是在不断进步的。之前的老路不仅难走，还很费时,从山下到山上要走3个小时。现在新修的这条路，只要短短1个小时。对了，你们想停下来看看日落还是继续赶路呢？"

"如果您精力允许的话，我们还是继续赶路吧。"约翰回答道。"我们热爱日落，因为太阳总是会落下的，所以我们也享受日落的时光。但是，我们可不喜欢天黑了还待在外面。附近有强盗吗？"

"强盗？先生，您说笑了。纳克索斯时代后，就再没有强盗在我们这片儿作乱了。"

"纳克索斯时代是什么时候？"

"耶稣出生前的几个世纪吧，先生。"他说着，虔诚地低下了头，在胸前画了个十字。

"非常好，那时的强盗是肯定活不到现在的。先生，您体力还好的话，咱们就走吧。"

马儿又慢慢在上坡路上前进。车夫和乘客都不太赶时间，路旁的美景也总在不经意间闪现在弯道处。姑娘们看得如痴如醉。穿行在这样绚丽的童话国度里，速度再慢都行。

突然，马儿们一路小跑起来，拉着马车飞快地向最后一个斜坡冲刺。不一会儿，他们便冲进了酒店的院子里，车夫大声地叫了声"吁"，他的鞭子早在进门前就甩起来了。

酒店主人，或是叫老板吧，走过来热情地招呼他们。酒店已经住了很多客人，便宜的房间已经没了。不过咱们的美国老爷自然也乐意付钱住精品房间。

约翰要酒店给出一个良心价，要物有所值。老板连连称是。

他们住的房间很别致，一律朝向大海，并配有一个小小的阳台，可以眺望蔚蓝的地中海，甚至看得到远方的伊索拉贝拉岛和普圣安德烈。埃特纳火山屹立在右侧，山顶在渐渐湮没的夕照中泛着金光。

姑娘们深吸了一口气，默默沉浸在这美景带来的极致欢愉中。他们的脚下有一个梯田式的花园，一直往下延伸了近200英尺，直到其所在的峭壁突地一转，没入了海里。这个时节，百花齐放，姹紫嫣红。站在阳台上，我们的主人公们不禁觉得他们仿佛误入了尘世间的天堂，这里美妙得不似人间。夕阳的余晖渐渐散去，薄暮开始笼罩大地。随着蜿蜒的山路，远远地望过去还能看到从车站回来的其他马车。马儿慢慢地爬上山坡，车夫们唱着他们当地的歌谣。远处传来那不勒斯民谣，还夹着些清脆、稚嫩的高音。

即使约翰那么务实的人也完全沉浸在这婉转的歌声中。直到服务员前来询问他们是否需要热水，好赶在晚饭前洗个澡。

"为什么,"帕琪含着眼泪,微笑地看着旁边阳台上的舅舅,"这世间仅此一个陶尔米纳。我们现在就在这里,回家之前我们哪儿也不去了,就一直待在这儿。"

"但是,亲爱的,想想巴黎,想想威尼斯……"

"我只想留在这里,约翰,如果您不留下,我就在这儿做个挤牛奶的女工,一辈子都留在西西里!"

贝丝笑着将她拉进了房间。

"别傻了,亲爱的帕琪。"贝丝冷静地说道,语气透着表姐妹间的温情,"这儿没有奶牛,你可挤不成牛奶。"

"我还不能挤羊奶吗?"

"嗯,这儿似乎是男人在做这个,亲爱的。开心点儿,现在我们已经看尽了陶尔米纳的浪漫,明天肯定就会觉得平淡无奇了。"

第十三章　巧遇公爵

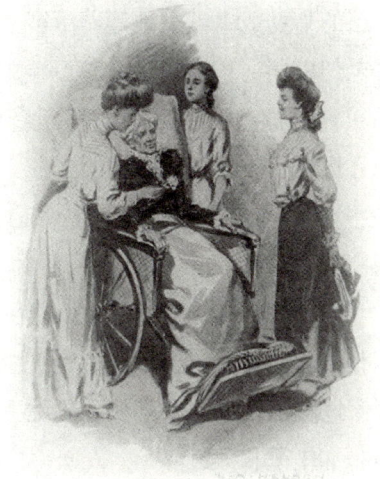

贝丝的预言并没有成真。他们在陶尔米纳的第一个早晨发生的事对这个神奇的地方而言，只是稀疏平常。他们的酒店在城墙外，但离墨西拿门只有一段短短的距离。这是一道古雅的拱门，穿过去就是西西里最为古老的小镇。狭窄交错的道路两边，都是撒拉森式或是诺曼第式的门楣和窗户。紧紧相邻的建筑显得别致又充满魅力。

这些建筑中，有些是小店铺，大多数则是古玩店。约翰一行人入城还没有走到一百码，就被一家店给吸引住了。这家店里全是古老的珠宝、家具、花边和陶器，每一件都非常迷人。但这些珠宝已经锈迹斑斑，没法再佩戴了，花边也有了些小洞，家具也破旧不稳。不过这家店的主人毫不担心这些瑕疵，因为他知道，游客们最喜欢的就是这些古老的东西。所以他把这些商品从屋内一直摆到了屋外，就好像蜘蛛织了张大网等着自己的猎物般，默默地等着游客上钩。游客们通常都喜欢买些古老却没用的东西。

姑娘们对这些古玩自是没有丝毫抵抗力。一行人走进这低矮的方形房屋中，把店主团团围住。尽管弗拉斯卡蒂说在陶尔米纳很少有人会英语，这店主倒是会说，而且也很聪明。他先观察这些年轻的美国姑娘们对商品的兴趣度，然后再开价。

当他们正专心挑选花边时，店主突然不说话了，紧接着脱帽深深地鞠了一躬，头都快垂到地上去了，脸上的表情也瞬间变得非常庄重和谦逊。

约翰一行人看了看周围，发现门外站着一名男子，正是他们在"和平女神"号上的同伴。

"哦,是瓦尔迪先生!"帕琪叫着,跑向了他,"在这偏僻的地方遇见您,有些奇怪啊。"

这意大利人皱了皱眉,但也礼节性地和三个姑娘轮流握手,然后向梅里克先生鞠了一躬,以示问候。

约翰觉得这人的衣着看起来光鲜多了。当时在船上相遇的时候,他穿的是法兰绒的衬衫和艾伯特王子外套,现在则穿着当地的天鹅绒服装,只是有些褪色,披着一件肩上缀有不少布条的薄斗篷,头上还戴着一顶质地柔软的帽子,遮住了他那墨黑的眸子。

他的衣着跟周围当地人的穿着很像,约翰也发现,过路的村民都会停下来摘下帽子,向他致敬。看得出来,他在这儿非常有名。不过村民对他的敬意,似乎也掺杂了些怯弱和恐惧,而且没有人停下来和他说话,都是行礼后就赶紧走掉。

"瓦尔迪先生,这么凑巧,在这里遇见您。"帕琪继续说道,"您住在陶尔米纳吗?"

"我是住在这个地区,但不是陶尔米纳人。"他回答道,"在这儿遇上我,完全是机缘巧合。是吧,布鲁格老板?"说着,他严厉地瞥了瞥店主。

"是的,先生。"

"不过我很高兴你们来到了埃特纳。"对着这群美国人,他说话十分慎重缓慢,"这里汇聚了世界上所有壮观奇景,也能让你们充分亲近自然。你们应该会喜欢吧?会留下住段日子吗?"

"哦,会住一段日子。"帕琪说道。

"我们要在这里和朋友汇合。"约翰解释道,"他们从巴勒莫来，但应该是路上有事耽误了。"

"他们是谁？"瓦尔迪唐突地插了一句。

"自然是美国人，赛拉斯·沃森和肯尼斯·福布斯。你认识他们吗？"

"不认识。"瓦尔迪一边说着，一边警惕地扫视了整个街道，"我们还会再见面的，先生。"他又补充道，"您住哪儿？"

"海边城堡酒店，那儿还不错。"贝丝回答道。

他点了点头，似是赞同。然后，他重新盖上了斗篷，低声说了句"一路顺风"就经直大步走开了，没有回头，也没有再多说一句。

"这人真奇怪。"约翰评价道。

店主长长地舒了口气，精神也不再那么紧绷，"公爵先生可不一般啊，先生。"店主回了一句。

"公爵！"姑娘们异口同声地叫了起来，反而把店主吓了一跳。

"我，我，我还以为你们认识他呢，你们看起来像是朋友。"店主有些结巴。

"我们是在船上遇到瓦尔迪先生的。"约翰回答道。

"瓦尔迪？啊，是的，公爵先生自然是去过美国的。"

"难道他不叫瓦尔迪？"贝丝直直盯着店主的眼睛，问道，"他还有另外一个名字吗？他住在哪儿？"

店主有些犹豫，"谁知道呢？"他最终还是回避了这个话题，"公爵有很多名字，但是我们从不直呼其名。当我们提及他的时候，我们经常用他的头衔代替——公爵先生。"

"为什么呢？"贝丝接着追问。

"为什么，为什么？也许是因为他不想被议论吧。是的，应该是这样，我确定。"

"那他住哪儿？"帕琪问道。

店主似乎被他们的问题弄得心烦意乱。

"就在山里吧。"他简短回答道，"他的府邸在那儿，传闻他非常富有，拥有至高的权力。其他的我就一无所知了。"

想着还可以去其他地方问问，约翰一行人便很快离开了古玩店，在埃马努埃莱二世广场闲逛，并从这里穿过狭窄的小巷，来到了著名的陶尔米纳希腊剧场。

这些残垣断壁仿佛在诉说着昨日的辉煌。我们的主人公们十分崇敬这遗址，这里的保护程度也远比希腊现存的剧场遗址要好得多。站在其中的一个山顶上就能俯瞰整个西西里岛壮丽的景色。咱们的主人公一直沉浸在这种敬畏的情绪中，直到约翰提醒大家应该回酒店吃午饭了。

当约翰经过门卫桌前时，他顿了顿，问了问那个门卫：

"如果您方便的话，请告诉我，谁是维克多·瓦尔迪？"

"瓦尔迪吗？先生。"

"是的，瓦尔迪公爵，我想你们是这样称呼他的。"

"我从没有听说过他。"门卫回答道。

"但好像陶尔米纳所有的人都知道他啊。"

"是吗？我们这儿附近是有一个公爵，但是他——没什么，我不认识您说的瓦尔迪。"

"他的脸很瘦，眸子很黑。我们是在从美国来的轮船上遇见他的。"

门卫却垂下了眼，转向了他的办公桌。

"午饭已经备好了。"他说道,"这里有您的一封信,今天早上刚到的。"

约翰拿了信,赶紧快步追上了姑娘们。

"看来,要想打探这个瓦尔迪的背景还真不是件轻松的活计啊!"他说道,"这儿的人要么不认识他,要么不愿意承认认识他。我们也最好离他远点。"

"我不喜欢他的样子。"贝丝说道,"他看起来有些怯懦,却又目中无人,脾气也是糟透了。要让他对我们友好点儿可能要费很大的劲儿。"

"哦,我跟他倒一直相处得还不错。"帕琪说道,"我想瓦尔迪先生没有看上去那么糟。而且他是公爵,姑娘们,货真价实的公爵!"

"可能吧。"约翰也插话道,"但这家伙还是很奇怪,我跟贝丝的看法一样,我也不喜欢他。"

当他们坐到小圆桌前后,露易丝问道:"沃森先生有没有提到什么时候来找我们呢?"

"没有,但这儿有封他的信。我差点儿忘了这事儿。"

他拆开信封,看了起来。

"太糟了!"他说道,"我们该在墨西拿多待几天的。沃森说他和肯尼斯在吉尔真蒂还是其他什么地方,研究当地的寺庙。说是想要知道那儿的寺庙是否是所罗门的,因此他们在周日前才能到陶尔米纳了。"

"没事,"帕琪说道,"那我们就在这儿等他们来吧。比起墨西拿,我倒是十分愿意待在这儿呢。当然,能见到肯尼斯我也很开心。"

"沃森先生提醒我们在西西里要多加小心。"约翰拿着信纸说道,"听听这段:'不要让姑娘们在公开场合佩戴珠宝或者手表。你们都要特别当心,不要让别人知道你们很有钱。如果要买东西,请差人送到你们酒店,并且让酒店大厅的门卫负责付钱。同时,不要让人知道你们的身份,也不要告诉他们你们要停留多久,这么做会比较明智。这些话你们肯定觉得很荒唐,但是,你们必须谨记,这儿不是美国,这只是一个与世隔绝的意大利省份,政府对这儿的监管不够。实际上,可怕的黑手党在这岛上的势力非常强大,强盗也绝不只在旅行指南上说的卡斯特罗乔瓦尼。这儿的人看上去淳朴无害,但肯尼斯和我在这儿时,都时刻带着手枪防身。相信我,我的这些提醒都是有道理的。我不想吓到你,约翰,只是想提醒你。西西里有很多游客,被骚扰的只是少数。但是,如果你注意到了这平静表面下的暗流涌动,就千万不要将自己和侄女们置于无谓的危险之中。'是不是让你们毛骨悚然啊,姑娘们?"

"听起来挺浪漫的。"露易丝笑道,"沃森先生也真是小心谨慎!"

"全是些说陶尔米纳很危险的废话!"帕琪有点生气说道,"沃森先生去的都是那些偏远的地方,旅行指南不也说盗贼猖獗嘛。可这里,每个人都友善地对我们微笑。"

"除了公爵。"贝丝笑着插嘴道。

"噢,公爵本性就是那么讨厌。"帕琪说道,"但如果真有什么危险,我相信他肯定会保护我们的,因为他住这儿,也很了解这儿。"

"你相信的事情倒是很多嘛,亲爱的。"表妹贝丝笑着说道,"但是听听这些忠告也无妨,我们都小心些。"

他们纷纷表示同意。约翰倒是很开心地想起在他的旅行箱里，有两把崭新的手枪，如果能找到些弹药，倒也能在紧急关头派上用场。

第二天早上，他就把它们拿了出来，并警告姑娘们在他房间时，千万不要碰这危险的东西。但是帕琪却嘲笑道：

"您都落伍啦，舅舅。贝丝从我们一出发就一直随身带着枪呢。"

"贝丝！"他大叫着，有些害怕。

"这也是为了以防万一！"这姑娘严肃地回答道。

"但你只是个孩子！"

"尽管如此，我也在克拉夫顿市上学时学过射击的。还赢得过一枚奖牌呢！所以我才一直带着我的宝贝手枪，虽然我可能一直都用不上它。"

约翰看起来若有所思。

"这可不是什么小女生饰品啊！"他想了想说，"我年轻时，有一次去西部，那时世道还不怎么太平，我也就带了一把枪，但我从来没有朝人开过枪。营地里也有会射击的女人，不过她们从没有遇到过什么危险。哪怕贝丝你曾获得过奖牌，你也可能会伤到人。"

"不要尝试，贝丝。"露易丝说道，"你应该也用不着开枪。"

"谢谢，亲爱的。"

当他们离开酒店，准备去散步时，却在院子里遇见了费朗蒂伯爵。此刻，他正一脸淡然地吸着烟。他右手依旧打着绷带。

大家对他的出现没有太大的意外，但约翰则很是不耐烦地大叫了一声。这个年轻人真的有些惹恼了他，他的行踪如此飘忽,却一直紧追着他的三个侄女。贝丝和帕琪依然微笑着,看不出什么异样。可露易丝的脸上却飞起了几抹红霞,并走上前去愉快又真诚地和他打招呼。

不过约翰却没法表示出任何不满,毕竟他们在阿马尔菲时,这位年轻的意大利人可是为他们出了不少力。只是,他还是希望他们能完全甩掉这个人,不然,总觉得他会带来麻烦。

费朗蒂还在极力表示对这次偶遇的"喜出望外"时,约翰瞥到弗拉斯卡蒂·维耶特里正半躺在车厢里昏昏欲睡。于是,他赶紧走过去说道:

"您现在方便带我们逛逛吗?"

"愿意为您效劳,先生。"车夫回答道。

"那就有劳您了。走吧,姑娘们,想出去走走,都上车吧!"

三个姑娘和约翰已经把车厢坐满了。被约翰如此直接地扔下,伯爵自是有些不满,但他也只能脱帽行礼,预祝他们旅途愉快。

约翰一行人顺着蜿蜒的道路,朝着下方的海岸驶去。弗拉斯卡蒂带他们走去圣阿勒西奥西的大路,一路畅行在陶尔米纳的土地上。

"叨扰一下。"约翰转向了车夫,"这附近是不是住着一个公爵?"

刚才还是笑容满面的西西里人,脸色瞬间凝重了。

"没有,先生。这里只有斯卡莱塔王子,没有什么公爵。"

"那另一边呢?"

"哦，山里吗？那儿倒真的是有贵族，有很古老的庄园，不过都快被我们遗忘了。我们陶尔米纳可是一直在前进着呢，先生。明年夏天，我们就会修一个冰淇淋苏打水喷泉呢，很有大都市的感觉吧？"

"是挺不错，不过，弗拉斯卡蒂，在陶尔米纳的群山之后，是不是有个公爵住那儿？"

"先生，我求您不要在意我们乡野流传的那些胡编乱造的谣言。这里几个世纪都没有出现过强盗。我向您保证，我们这儿非常安全，尤其是在城里，或者和我在一起的时候。他们都认识我，先生，即使公爵都不敢轻易找我朋友麻烦的。"

"如果没有强盗，为什么公爵还要找我们麻烦，弗拉斯卡蒂？是因为黑手党吗？"

"啊，我是听说过黑手党，但是通常都是在美国听说的，嗯，就是在芝加哥听到这种说法的。但这儿，我们都不知道什么黑手党。"

"但是你却让我们要当心。"

"不管在哪儿，您都得当心啊！英明的先生，这不就是你们说的要处处留心吗？我可是记得，在芝加哥,在你们美国，也经常发生无辜的市民被强盗劫持的事故，是吧？"

"这倒是。"约翰沉重地回答道。

"所以，您怎么看呢？难道我们这儿的人都比不上美国人，所以，您害怕我们？不要去在意什么公爵，更不要去相信那些愚蠢的传闻。您在这儿也会跟在美国的芝加哥一样安全和快乐的。"

说完，车夫转过身去，吆喝马儿上坡了。姑娘们和约翰面面相觑。

"看来，咱们的公爵在这儿的名声不怎么样。"贝丝压低声音说道，外面的弗拉斯卡蒂自是听不见，"这儿的人甚至都不愿意提起他。"

"有意思！"约翰说道，"帕琪的朋友倒成了一个谜了，这可是他家乡呢，我真好奇他到底是黑手党头子还是一般的强盗？"

"不管是哪种，"帕琪说道，"他都不会伤害我们的，我敢肯定。我们一直对他以礼相待，而且不管他是否愿意，我都让他多开口聊天，有点儿社交意识了，这也算是对他的帮助了吧。不过，在我看来，他就是个脾气古怪的贵族老爷，住在深山中，独来独往。"

"而且他连个名字都没有，露易丝的伯爵至少都捏造了一个吧。难道，亲爱的，意大利的贵族都倾向于隐瞒他们的真实身份吗？"

"我不知道，大伯。"露易丝回答道，垂下了眼帘。

第十四章 约翰失踪

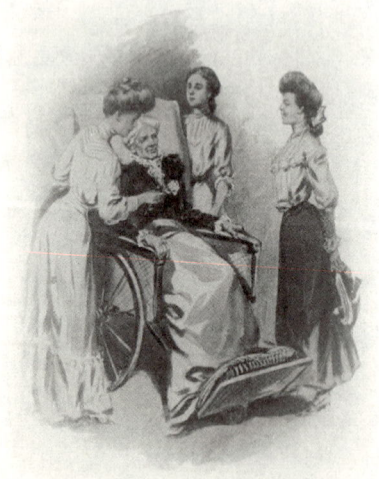

约翰也渐渐爱上了陶尔米纳。这里的荒野和崎岖的地势，不知怎么的，总让他想起了早年在落基山脉拓荒的日子。他常常到那古雅的城里去逛一逛。城中的小房子虽然已经有些破旧，却十分别致。淳朴的妇人们常在房前织毛衣，补衣服。渐渐地，他也熟悉了这儿的一砖一瓦，村民们也开始和这个讨喜的美国小老头点头示意。

他也去了马洛，那是一座废弃的城堡，坐落在很高的山峰上，他爬山都爬了很久；也登上了高原上的韦内雷山，那儿是一个古老城市的遗址。这种徒步旅行让他觉得很舒服。当姑娘们躺在戏院外的草地上消磨时光，看看书，写写信的时候，我们的约翰就会对她们这种休闲方式嗤之以鼻。这时，他就拿起他的拐杖，独自爬山去，或是沿着卡塔尼亚门外崎岖的小路去到处闲逛。

在卡塔尼亚门内，恰好有一个税收办公室，里面有一个收税人。因为约翰经常从这里经过，他们也渐渐熟络起来。虽然一句英语也不会说，可每当约翰经过时，头发花白的收税人总会向这位矮小的绅士点头示意，用意大利语低语着："先生，祝您有美好的一天！"

一天下午，约翰朝着下山的方向走去，打算从海边城堡酒店走到卡波迪圣安德烈亚。当他小心翼翼穿过狭窄的岩架时，他突然瞥见有两个人坐在一块平坦的石头上。其中一个是瓦尔迪，而另一个则是费朗蒂。看情形，这两位似乎正在进行非常严肃的谈话。看到约翰，伯爵真诚地笑了笑，脱帽致意，公爵却冷冷地皱了皱眉，但也点了点头。

约翰回礼后,继续朝前走了。这条路人迹罕至,非常荒凉。他下意识地把手伸进侧包里,暗暗握住手枪。但一路也算顺利,没有遇上跟踪或是抢劫。尽管如此,当从沙滩折返时,他还是重新选了条有些绕的羊肠小道,以便和牧羊人结伴同行。这衣着褴褛的牧羊人不会英语,用意大利语尊称约翰为"先生"。他唱着当地的小调,赶着羊群走在前头,一路上,倒也是给约翰增添了不少乐趣。

之前,多疑的约翰一直在想着费朗蒂伯爵的事情,想着他的突然出现,想着他和公爵会谈些什么,会不会有什么阴谋。最后,他还是决定不跟自己的侄女提这件事。赛拉斯·沃森再过几天就要来了,到时,他可以和这位精明的律师谈谈,问问他的意见也不迟。

第二天早饭后,约翰在花园里和姑娘们道了别,说是今天要沿着城外的大路西行至卡奇。

"我可能一个多小时后回来,"他说道,"我得早点回来写几封信,赶在中午前寄出。"

约翰走后,姑娘们坐在高处的观景台上,俯瞰大海,眺望埃特纳火山,呼吸着甜蜜的空气,享受着温柔的阳光。突然,门卫慌张地跑向了她们。

"打扰一下,小姐们!"他气喘吁吁说道,"如果你们能告诉我费朗蒂先生在哪儿的话,真是万分感谢。"

"他跟我们不是一路的。"帕琪开口道。但是露易丝这时却抬起头,看起来有些震惊,说道:"我还一直在想他会过来和我们坐会儿呢!"

"你们都不知道吗?"门卫焦急地尖叫着。

"知道什么,先生?"

"费朗蒂先生不见了,昨晚之后,就再也没有人见过他。他也不在房间里。而且更糟的是,希望这不会吓坏你们——他的行李也一起不见了!"

"行李也不见了!"露易丝重复了门卫的话,心里涌起一股不安,"那他没有跟你们说过什么吗?你们也没看见他离开?"

"是的,小姐。他还没有结账,他的两个大旅行箱,一定是被暗中搬到了侧门。我们老板现在很着急。费朗蒂先生是美国人,美国人可很少在我们这儿赖账啊!"

"费朗蒂先生是意大利人。"露易丝固执地回应着。

"这也许是个意大利名,但他只会讲英语啊。"门卫反驳道。

"但他不是无赖,这点我可以保证。约翰先生回来的时候,他会给费朗蒂伯爵结账的。"

"啊,露易丝!"帕琪倒吸了口气。

"我真是搞不懂。"露易丝继续说道,看着表妹们的神情也满是疑惑,"我昨晚在花园里碰见他,他在那儿抽烟,还说明天早饭后,会到花园里找我们呢。我非常肯定他没有要走的打算。为了美国游客的声誉,他的事我们也得管了。"

"有件事挺奇怪的。"贝丝沉着地说道,"从你最后一次看见他到现在,这期间是没有离开的火车的。如果费朗蒂伯爵离开了酒店,他能去哪儿呢?"

门卫有些恍然大悟了,

"对啊!"他叫道,"他应该一定还在陶尔米纳——毫无疑问,应该就在另外的酒店里。"

"您会派人去找找看吗?"露易丝问道。

"我会亲自去的,立马就去。"他说道,"谢谢您,小姐,谢谢您给他担保,这样我也好给老板交差了。"

门卫说完匆匆走了。但是诡异的沉默在姑娘们中蔓延开来。

"你喜欢那人吗,露易丝?"贝丝突然尖锐地说出来。但她没有继续说下去,整个场面已经有些尴尬了。

"他非常有心,也很绅士。就是因为你怀疑他,所以才对他有偏见。"露易丝理直气壮地回答道。

"你还没有回答我的问题,亲爱的。"贝丝继续追问道,"你真的很喜欢他吗?"

"你凭什么这样质问我,贝丝?"

"我是没权过问,亲爱的。我只是想弄清楚到底是怎么回事。这个年轻人,对于我们来说,就只是个陌生人,可你却明显不是这么想的。"

"这确实与我们无关。"帕琪也很快插话进来,"我们只是想知道这个费朗蒂伯爵到底是怎样的人。他突然不见了,这很反常,但也许真的只是想换个地方住罢了。"

"我不这样认为。"露易丝说道,"他很喜欢这家酒店。"

"他也许还喜欢这里住的某个客人。"帕琪笑着打趣道,"也是,总之约翰也要回来了,待会就让他去处理吧。"

但约翰迟迟没有回来,反倒是门卫又跑来了。他去了城里各大酒店,但昨天下午那趟火车后,没有一家酒店接待过客人。费朗蒂伯爵仿佛变戏法一般,消失了,谁都不知道是怎么回事儿。

而且现在已经是中午了,约翰也还没有回来。姑娘们渐渐焦虑不安起来,约翰向来都信守诺言,也很守时。

她们等了又等,直到饿得不行才去了餐厅。午饭笼罩在一片沮丧中,她们都竖起耳朵,希望能听到约翰熟悉的脚步声。

午饭后,姑娘们讨论了一阵子,决定结伴进城找约翰。在城里,她们用蹩脚的意大利语,急切地询问舅舅的下落,却没有得到任何消息。最后,她们走到了卡塔尼亚门,来到了收税人的办公室前。

收税人用意大利语欢快地告诉她们:"那位绅士,今天早上就是从这里走过去的。他还没有回来吗?"

"还没回来。"姑娘们一脸茫然地互相看着。

"我想,"帕琪说道,"约翰舅舅很有可能是迷路了,或者碰到了什么状况。如果这样的话,露易丝,你回酒店去等着,舅舅有可能会走另外的路回去。我和贝丝再顺着这条道去找找看。"

"他有可能扭伤了脚,没法走动了。"贝丝补充道,"我觉得帕琪的主意不错。"

这样,姑娘们兵分两路,露易丝穿城回了酒店,另外两个姑娘则顺着这条山路,沿途寻找舅舅的下落。她们搜索得很是仔细,在每个岔路都会分别寻找。但即便如此,别说舅舅了,连一个人影都没看到。这道路很荒,少有人迹,只有通往卡塔尼亚那段,偶尔会遇见一两个农民,步履蹒跚回城,或是赶着驴,满载着几箩筐的橘子、柠檬什么的赶集去。

在几条偏僻的石路上,她们大叫着约翰的名字,希望能听到他的回应,但回答她们的只有寂寥的回音。她们慢慢失去了信心。

"即使我们现在往回走,到酒店也已经天黑了。"贝丝最后忍不住说,"我们回去吧,找几个人帮帮忙。"

帕琪一下子哭了起来。

"啊,我想他一定是迷路了,不然就是被人杀了,绑架了!"她大哭了起来,"啊,亲爱的约翰舅舅!我们该怎么办啊,贝丝?"

"哎,他有可能已经到家了呢,正等着我们回去呢。别哭了,帕琪,哭一点儿用都没有,你知道的。"

两姐妹于是往回走。日落时,她们回到了酒店,两人都已经精疲力尽。露易丝急忙跑出来。看她的眼神,两个姑娘就知道舅舅还没回来。

"我们得立刻行动了!"贝丝下定了决心。她本是三个姑娘里年龄最小的,但在这紧要关头,她沉着冷静,处变不惊,不失判断力,远胜过她两个表姐,"弗拉斯卡蒂在院子里吗?"

帕琪跑了进去,不一会儿就把这车夫带回了她们的客厅。姐妹们觉得他能说英语,又熟悉周围的环境,应该能帮得上忙。

弗拉斯卡蒂很认真地听完了她们的故事,一脸震惊。

"告诉我,小姐。"他若有所思地说道,"梅里克先生很有钱吗?"

"为什么这么问?"贝丝心怀疑虑地反问道,她还没有忘记沃森先生在信里的警告。

"当然,我知道基本上所有旅行的美国人都很有钱。"弗拉斯卡蒂继续说道,"我曾经去过芝加哥,那儿可是美国。梅里克先生在他的国家应该算是个富人,挺有名儿的吧?你们得相信我,告诉我实话。"

"我想他是的。"

弗拉斯卡蒂警惕地环视四周,直起了身子,朝前凑了凑,压低了声音,问道:

"你们觉得,公爵知道这事儿吗?"

贝丝想了想,说道:

"我们在船上遇见了你们称之为公爵的人,但他却告诉我们,他叫维克多·瓦尔迪,当时船上有不少人都是认识我舅舅的。如果他听到他们的谈话,应该很快就能知道关于约翰·梅里克的一切了。"

弗拉斯卡蒂严肃地摇了摇头,缓缓说道:"那,小姐,我想你们就不用担心你们舅舅的安全了。"

"您是什么意思?"贝丝追问道。

"没人会在我们这儿的山里迷路的。"他回答道,"我们的山路都很直,条条都能通向大路。跌落或者受伤的机率也不大。但——我现在很遗憾地告诉你们——这是我们这儿的瑕疵,玷污了我们的美好名声——有时,在我们这儿,会有富人离奇失踪。没人知道是怎么回事,也没人知道他去了哪儿。但失踪的富人也会回来,只是会少了些钱财。"

"我明白了,您的意思是舅舅遇到强盗了吧。"

"这里没有强盗,小姐。"

"那就是黑手党吧。"

"我也不知道黑手党。我只知道,旅行时,不应该显富。在芝加哥,就是你们美国,盗贼们会为了抢些小钱敲晕你。但在这儿,我们都不屑于做这种暴力抢钱的行为。但如果一个人很有钱，有到他都花不完，那我就只能遗憾地说，一些西西里的不法分子就觉得他们应该来帮忙分享一些。被抓的富人会受到他们很好的照顾，等这富人付了赎金，就会被送回来了。"

"那要是不给钱呢？"

"啊，小姐，任谁都会拼命抓住救命稻草的。而且那些暴徒也不会将这些富人全部抢光了，只是抢一部分而已。"

姑娘们相互看着，很是无助。

"那我们应该做些什么呢，弗拉斯卡蒂？"帕琪问道。

"等。也许一天两天后，你们就能收到你们舅舅的消息了。那时，他就会告诉你们怎么把钱给那些暴徒。你们照做后，他就能笑容满面地回来了。我知道，这一切很糟糕，但是没办法。"

"不，事情绝不会是这样！"贝丝义愤填膺地说道，"我要去美国领事馆。"

"抱歉，这里没有。"

"那我会向墨西拿军队发电报，让他们派军队来搜山，将那些贼人绳之以法。"

弗拉斯卡蒂苦笑了一下，说道：

"是的，也许吧，他们会来。但那是意大利的军队——不是西西里的——他们对这儿一无所知。搜救可能一无所获，甚至还会在杂乱的岩石上发现一具死尸，以示对这'正义'的抗议。真是太糟了，但是没办法。"

帕琪的心里充满恐惧，手心都湿透了。旁边的露易丝脸色苍白，眼睛也一动不动。而贝丝美丽的眉毛也皱了起来，陷入了沉思。

"费朗蒂也失踪了。"露易丝念叨着,声音有些嘶哑,"他们会劫持甚至杀了约翰大伯!"

"我现在倒是很肯定,"贝丝说道,"你那个假冒的伯爵应该是那个公爵强盗的同谋。他一直都跟着我们,就是在找机会诱捕约翰舅舅。"

"哦,不,不,不会的,贝丝,不是这样的。我非常清楚不是这样的。"

"他自然是骗了你。"贝丝苦涩地回应着她,"当他布好了局,就带着行李消失了,抛下了他愚弄和欺骗过的傻姑娘。"

"你胡说八道!"露易丝反驳道。她站了起来,背对着贝丝,走向了窗边。两个女孩都听到了露易丝痛苦的哭泣。

"不管弗拉斯卡蒂说的对不对,"帕琪擦干了眼泪,想要鼓起勇气,"我们都应该立刻去找约翰舅舅。"

"我也这么认为。"贝丝赞同道,说着,她转向了西西里人弗拉斯卡蒂,问道:"能否请您帮忙召集尽可能多的人,提着灯笼去山里搜寻下我舅舅?我们会给您丰厚的报酬。"

"愿意为您效劳,小姐,但愿这能让您安心。"他说道,"您打算搜寻多久呢?"

"找到他为止。"

"那这差事够我们干一辈子了。Non fa niente!(意大利语:没关系!)虽然这种事我们也很遗憾,但是……"

"您还不去吗?"贝丝生气地跺了跺脚。

"当然去,小姐!"

"那就不要耽搁了,我跟您一起去,看着你们出发。"

贝丝跟着他出去了,看见他带着几个家仆,打着灯笼外出搜救。贝丝承诺的丰厚酬劳让酒店很多人都想参与搜救，但是店主最后只允许6个人去，免得酒店缺了人手。贝丝也跟着搜救队伍进了城。搜救队队员们已经有些犯困了，但他们依旧在弗拉斯卡蒂的指挥下，迅速前进。他们心里十分清楚找到约翰的机率太小了，但也是出自好心，顺便也想多赚点钱。很快，他们就出了卡塔尼亚门，分散到各条山路上了。

"如果你们能在天亮前找到约翰舅舅，我会额外给你们1000里拉作为答谢。"贝丝向他们保证。

"我们会仔细搜查的。"弗拉斯卡蒂队长回答道，"但请小姐不要抱太大希望，这群暴徒藏得很深，往往藏在洞穴的深处，没人能找到他们。真是太糟了，但是没办法。"

说完，他领着大伙儿开始爬山。看着他手中灯笼在黑夜里忽隐忽现，最后隐没在黑暗中，贝丝这才重重地叹了口气，独自一人走过空无一人的街道，向酒店走去。

月亮被云朵遮住了，夜晚显得如此黑暗，令人生畏，但她却一点儿也不感到害怕。

第十五章　心急如焚

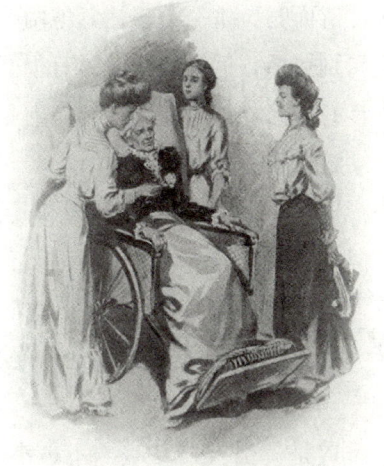

约翰的侄女们度过了一个不眠之夜。帕琪没有在自己房里睡觉,而是溜进了舅舅的房间,虔诚地在他的床边祈祷着,希望他能平平安安、毫发无伤地回到她们身边。贝丝本来和帕琪住同一间房,这时的贝丝,独自一人在房间里来回走着,她细密的眉毛皱着,眼睛闪烁着光芒,脸颊越来越红,内心翻涌着怒火。她是个乡下小丫头,没见过什么大场面,在紧急情况下容易控制不住情绪,做事容易冲动。现在舅舅被绑,更是让她怒火中烧。在这种怒火的驱使下,她很有可能会做出一些过激的行为。

另一边,露易丝的房间里整晚都没有传来任何声音,但当黎明来临时,露易丝那张苍白的小脸,疲惫又红肿的眼睛,也说明她一整晚都没休息。

还好,露易丝是三个中最冷静的。黎明时,当她们三个在小客厅碰面时,她努力想让其他两个姑娘打起精神来。她为人不是特别热情,但说话得体,有很好的教养,也好相处。现在,她良好的修养让她能够控制住内心的慌张,镇定地为大家打气,缓解大家心中的焦虑。

清晨时,弗拉斯卡蒂跛着脚和其他疲惫不堪的队友们回来了,但是他们忙碌了一晚上,也没有发现任何蛛丝马迹。这里没有强盗也没有黑手党,他的其他队友们也都这么说。显然有一伙儿连这些当地人都不知道的暴徒绑架了这位有钱的舅舅。

"难道是公爵?""哦,不,小姐!说了一千遍了,不是的。公爵出生于贵族家庭,在这儿长大的,只是行事古怪了一些，又不爱与人交流，但不至于会做出这样的事情来。您贸然前去质问他，是非常不合适的。"弗拉斯卡蒂说完这些，也回去睡觉了。他并没有骗这些姑娘们，毕竟他收了姑娘们的钱，也要对得起这份酬劳。虽然知道什么都找不到，他还是亲自带着队友们在山上来回仔细搜查了一整晚，也算是尽心尽力了。

早上，从卡塔尼亚开来的火车上，下来了两个朋友：赛拉斯·沃森和肯尼斯·福布斯。年轻的肯尼斯在珍妮舅妈死后，意外地继承了她在埃尔姆赫斯特上好的府邸，遗嘱上还写明了将原本打算留给侄女们的所有财产都留给了他。不过这样的安排丝毫没有影响姑娘们和他之间的感情，她们反而由衷地替这个有些忧郁、没什么存在感的年轻人感到高兴。他天性敏感，具有艺术感悟力，如果没有这笔遗产，他的才华只会被埋没。但现在，他有了自己的监护人，就是我们这位友好的埃尔姆赫斯特律师赛拉斯·沃森。他们可以一起旅行，沃森先生更会指导他，让他为今后做好充足的准备。而且，肯尼斯已经决定要成为一名伟大的画家。他这次到意大利的西西里岛，自然也是为了采风写生，为今后的职业生涯做准备。

这个男孩子十分高兴地和他的老朋友们打招呼，并没有一下子注意到她们都满腹焦虑。但那精明的律师，瞬间感觉到有些不对劲。

"约翰·梅里克在哪儿？"他问道。

"哦，你们来了，我真高兴！"帕琪叫着，拉住了他的手。

"沃森先生，我们都手足无措了。"露易丝说道。

"约翰舅舅失踪了。"贝丝解释道，"我们猜他已经落入了强盗手中。"

接着,她尽可能保持冷静,简单明了地叙述了所发生的一切。她回忆了她们是怎么样和瓦尔迪在船上相遇的,又是怎么和费朗蒂伯爵一路同行的。她也没忘了告诉沃森先生约翰发现这位伯爵用的是假身份,自然也提到了费朗蒂在她们去阿马尔菲路上的及时相救,以及他之后对露易丝的爱慕,只是贝丝认为这只是他为了跟着他们的一个借口。

"在我看来,"她说,"我们在离开美国的时候,应该就被这两个人盯上了,他们想将约翰带到一个人迹罕至的地方,再动手抢劫。如果他们的阴谋得逞,沃森先生,我们将会永远蒙受羞辱。"

"嘘——"沃森先生说,"不要那么想,咱们就只说说约翰·梅里克吧,其他的都不说。"

露易丝刚才一直在抗议贝丝的讲述有失偏颇,她愿意以自己的名誉起誓,伯爵是个诚实的人。

沃森先生对此没有太在意。事情变得有些棘手了——但只有他一个人意识到这其中的严重程度——特别是当他听到贝丝描述那位当地人谈之色变的公爵时,他的脸色更加凝重了。

当他完全听完姑娘们的叙述后,立刻冲进城里,给美国驻墨西拿领事馆发了封电报。接着,他马上去了警察局,以确保当局已经知晓梅里克先生的失踪,并希望获得他们的帮助,全力搜救这位失踪的朋友。

"您觉得他是被强盗绑架了吗?"这个律师问道。

"强盗,先生?"对方很是惊讶,"这个地区没有强盗,很多年前,我们就把他们驱赶出境了。"

"那公爵呢？"

"先生，公爵是谁？"

"您不知道？"

"我向您保证，我们官方没有这个人的任何资料。在西西里岛是有很多公爵，但没有您口中提到的那号人物。也许，您能告诉我，您指的到底是谁？"

"听着，"律师突然打断了这个警官，"我知道你们有些什么手段，长官，但在这件案子里，他们都派不上用场。如果你以为美国人在这个国家是孤立无援的话，那你就大错特错了。不过为了节约时间，我愿意配合你们警方。我会支付搜救我朋友的一切费用。"

"我们一定会尽全力搜救。"

"但是，如果你们不能马上找到他，不能将他毫发无伤交给我们，我就会安排军队在陶尔米纳群山中搜寻，并且剿灭任何妨碍我们的强盗。如果我发现你们这儿有强盗，而您却毫不知情，那您就等着名誉扫地，卷铺盖走人吧！"

这警官耸了耸肩，西西里人和法国人一样喜欢做这个动作。

"我对您的军队表示欢迎，"他说道，"但您什么都证明不了。不过有报酬的话，也许能有一些意想不到的收获——如果报酬有足够的吸引力的话。"

"您想要多少？"

"您的朋友有多重要？您得自己掂量一下，自己来开价。但即使那样，我也不能保证什么，我们只能说，在职责范围内，会全力以赴寻找这个失踪的美国人。您也知道，我们掌握的信息不全，您的朋友也许已经自杀身亡，或者失了心智在荒野中游荡，也许还是因为犯了什么事才藏了起来。这我们怎么知道呢？您说他是失踪了，但这不一定就是强盗所为，而且，强盗是否存在，我还表示怀疑呢。所以，您得稍安勿躁，我们肯定会严加搜索的。不是我吹嘘，我这儿就没有破不了的案子。"

沃森先生又走回了电报局，发现美国领事馆回信了，但是电报却说领事生病了，去那不勒斯治疗了。他又折回警局，警官告诉他，约翰·梅里克失踪的案子将会派人立马调查。

沃森先生觉得异常绝望，他比之前更焦虑了。他最后回到了酒店和姑娘们一起讨论。

"我要出多少酬金呢？"他问道，"付酬金看来是最保险的方式了。"

"给他们100万吧——约翰舅舅也不会介意的。"帕琪认真地说道。

"一个子儿也不要给，先生。"贝丝反驳道，"如果他们扣留舅舅是为了要赎金的话，舅舅肯定没有人身危险，我们不应该反倒帮他们勒索舅舅。"

"你不明白啊，亲爱的，"律师说道，"这些强盗没有拿到足够的钱，是不会放人的。这就是他们常常都能得手的原因。如果我们不用钱去赎，我们以后再也不会有约翰·梅里克的消息了。"

"但这不是赎金啊，先生，这是您提议给警局的酬劳啊。"

"我解释一下，意大利警局的做事风格很是匪夷所思。他们说不知道这儿有强盗，也找不到他们。但如果酬劳足够多的话，他们就知道该去哪儿和强盗谈价，这自然不是赎金，但他们能逼着强盗们跟他们谈价。这样，警局既将救人的功绩揽到了自己身上，又从中获利，分了一杯羹。如果我们不给酬劳，或者不够丰厚，那么他们就会纵容强盗随心所欲。"

"真是太可恶了！"贝丝叫嚷着。

"是的。而且意大利政府对此也无能为力，虽然政府一直致力于整顿这种存在好几个世纪的弊端，但一直没有成功。"

"那我情愿和强盗直接交易。"

"我也是这样想，如果……"

"如果什么，先生？"

"如果我们确定你们的舅舅就在他们手上的话，你确定昨晚你派出的搜救队都仔细搜过了吗？"

"希望是的。"

"那我马上再派一些人手，再将山上搜寻一次，如果这次还没有消息，那就证实了我们现在最坏的猜测，到那个时候……"

"沃森先生，怎么做？"

"那时，我们就只能等强盗开出条件，然后尽量和他们谈价。"

"这样听起来比较明智。"肯尼斯说道，帕琪和露易丝也表示赞同，虽然这样的话，等待的时间会无比漫长，

只有贝丝咬着唇，皱着眉。

沃森先生的搜救小队搜寻了一整天，又搜了第二天，第三天，依旧一无所获。他们只能耐心地等着强盗开价了。但痛苦漫长的一周过去了，还是没有任何关于约翰·梅里克的音讯。

第十六章 神秘的塔拉

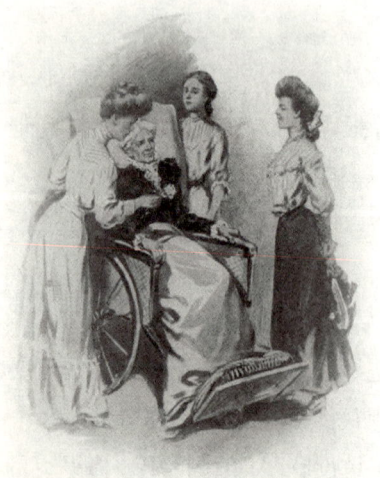

那天约翰穿过西门，一路沿着山路徒步行走，只觉心情非常愉快。阳光明媚，暖意融融，空气也非常清爽。走着走着，景色越来越秀美，引人入胜。在这古老世界的一角，身处这片历史可追溯到耶稣诞生前的遗迹中，全然不用惦记华尔街闹心的股票和各种报价，这是我们这位老绅士难得的享受。

开心之余，他又向上蹒跚地爬了爬，丝毫不介意这周围的悬崖峭壁。爬了很久后，他才发现自己都不知道这是走到了哪儿。于是，他爬上了路边的一块巨石，站在石头上，开始研究脚下的地形。

他看到有一片海，卡拉布里亚海岸在其后若隐若现，近一点儿的海岸不在视野之中。不过左边那个古板的白色条纹建筑正是陶尔米纳的老城墙，向上则是废弃的城堡和古老的莫拉城堡——两个城堡分别在不同的山峰上。

"我得回去了。"他从巨石上滑了下来，回到了山路上。

他惊讶地发现，眼前站着一个小男孩。他那棕色的双眼，美丽中透着灵气，正温柔地望着他。约翰尽管强壮但个子确实不高，不过这个小男孩的身高还不及他的肩膀。他看上去很瘦，显得很灵活，穿着一身灰色的灯芯绒套装，这样的打扮远比这美国人见过的其他西西里年轻人穿的要体面。在这个国度，人们似乎不在乎小孩子的穿着。

当然，最漂亮的还是小孩儿那张脸，轮廓精致，肤色和他那双棕色的眸子相得益彰。他那张脸好似能传达出世界上任何一种细腻的情绪。看上去，他的年龄也不过10岁或者12岁的样子，也可能更大一些。

当美国人从石头上下来，这小孩儿就急切地跑了过来，大叫着：

"您是梅里克先生吗？"

他的英语很流利，只有一点不易觉察到的口音。

"是的，"约翰开心问道，"你是从哪儿来啊，我的小家伙，我刚才还以为这山里都没什么人呢。"

"我是您的一个朋友派过来的。"男孩很快回答道，眼神里流露出些恳求，"他遇到了大麻烦，先生，他叫我来找您帮忙。"

"一个朋友？谁啊？"

"他跟我说他叫费朗蒂，先生。他离这儿很近，在那边的山里，但是却没法独自下山。"

"费朗蒂。嗯，他受伤了？"

"是的，很严重，先生，他从山上摔了下来。"

"然后他让你来找我？"

"是的，先生。我一眼就认出你了——谁都能认出你的——我正往山下赶的时候，就看见您站在这石头上，真是太幸运了。您要马上去找您朋友吗？我可以带您过去。"

约翰有些犹豫。他应该马上回家，而不是继续往山里走。而且费朗蒂也不是什么好朋友，不值得他前去帮忙。但他突然想起这个年轻的意大利人曾经也帮过他和姑娘们，现在他有难，理应帮忙才是。这样想着，他又觉得自己应该去帮忙。

"好吧，小家伙！"他说着，"带路吧，看看我能为费朗蒂做些什么，远吗？"

"不远，先生。"

这孩子慌张又焦躁地转身朝小路走去，约翰紧跟其后。他走得不算慢，但始终没能追上那热情的带路人。

"你叫什么名字，小家伙？"

"我叫塔托，先生。"

"你住哪儿？"

"就在附近，先生。"

"那你怎么会遇到费朗蒂的呢？"

"碰巧，先生。"

约翰没再说话，好省点力气爬山，其他问题待会再慢慢问吧。

小路穿过石壁之间，仿佛是多年前岩石裂开后形成的。这路又窄又陡，没多久，就到了尽头。约翰以为他们已经到了目的地，结果男孩毫不犹豫地爬上了一个大圆石，翻过去落在了后面的另一条小路上。他伸出小手想要帮助咱们这位美国大叔。

约翰看到那只小手，轻蔑地笑了笑，迈开步子，敏捷地纵身一跃，翻过了那块石头。这时，他停住了，擦了擦额头，说道：

"还很远吗，塔托？"

"马上就到了，先生。"

"费朗蒂遇见你真是走运，不然他就只能等死了，这地方，可不是那么容易找到的啊。"

"这倒是真的，先生。"

"那，就是这条路吗？"

"是的，先生。请您跟着我。"两人继续朝前走，两边都是陡峭的石壁。这条路也是在石缝之间，倒也不算长。这时,小孩停了下来,因为道路突然又断了,他们没法前进了。小孩接着背靠着石头,高声唱了起来,他的嗓音很甜,正哼着一段西西里小调,却没有歌词。他一直没有停,只是一直哼着某个片段。

约翰不明所以地看着他,突然,心中涌起一股怀疑,便问道:

"塔托,你不会是骗我的吧?"

"我吗,先生?"他看着约翰的眼睛说道,"您不用害怕塔托,先生。能和您还有费朗蒂成为朋友,让我觉得很自豪。"

这时,这小孩背靠的那块石头突然无声地向下沉了一些,露出了一条通道。通道不长,从这头都能瞧得见那头的亮光。

这古怪的小孩立刻冲了进去,

"这边走,先生。他就在这儿。"

约翰则往后退了退,直到现在,他才发觉自己大意了,全然忘记了山中的危险。回想刚才发生的一切,全都透着些古怪。这地方如此偏僻,这小孩儿又如此古灵精怪,他觉得自己应该要多加小心了。

"就到这儿了,小家伙。"他朝里面喊着,"我就不去了。"

一瞬间,塔托就跑回了他身边,用他棕色的小手拉住约翰的大手,一双眼睛巴巴地看着他,满是乞求。

"啊,先生,您不会让朋友失望的吧?他现在离您如此近,还碰上了那么大的麻烦。您看,我这样的陌生人,还不是他的同乡,都为他哭泣难过,都想要帮助他。难道,您作为他的朋友,就因为害怕这荒山和我这可怜的乡下孩子,就忍心拒绝他吗?"

说着，眼泪瞬时溢满了孩子那双漂亮的棕色眸子，又顺着他的脸颊滑落下来。他用手轻轻地握了握约翰，温柔地催促他往前走。约翰只得一边走，一边说到：

"唉，好吧，带路吧，塔托。我也看看这洞穴的另一边是个啥样。但如果你跟我玩花样的话，小家伙……"

他突然闭上了嘴，因为眼前出现了一幅非常美丽的画面。从隐在岩石中的通道尽头走出来，他便站在了一块平坦的石头上，面前是一个美丽异常的山谷。山谷四周都是悬崖峭壁，仿佛有了一道隔绝外界的天然屏障。地势也渐渐向中间倾斜。山谷中间还有条涓涓流淌的小溪，在阳光的照耀下，清亮的溪水好似散落在岩石河床上的钻石一般。谷中到处是橘子树，还有很多橄榄、柠檬和杏仁树。在山谷的右边，高耸的岩石壁向外凸起，形成了一块较为平坦的石板。石板上，有一座很坚固又很别致的石房子，周围还零星散布着些小房子。

这山谷看上去就像是一座小人国，美丽富庶却与世隔绝。

约翰完全惊呆了。谁能想到在光秃秃的群山中竟然会有这么一块超然于世的净土？一个晃神，他突然想到了自己的处境。

"这是哪儿啊，塔托？"他问道，"我朋友费朗蒂呢？他不是需要帮助吗？"

但没有任何的回应。

他回头一看，才发现男孩早就不见了，通向这山谷的通道也消失了。在他身后，只有一堵石墙。他极力在石壁上摸索着裂缝，却没有看到任何出口，也找不到刚才进来的那条通道了。

第十七章　隐匿的山谷

约翰第一个念头就是去找个石头坐下来，好好想一想。他确实这么做了，还拿出了烟斗，点燃，陷入了思考。

情况不怎么乐观。他显然是被人算计了，而且对方还是个十几岁的小孩。他是该好好反省，想一想接下来怎么办。这圈套真是设计得相当周全。山谷四周环绕着群山，即使是阿尔卑斯山的登山者都没法翻越，而且如果没有人事先知道这儿的话，想要找到这儿也不太可能。

"真没想到费朗蒂如此精明啊。"他有些惊讶地自言自语道，"先前我倒是知道那年轻人有问题，但是没想到他会在这儿等着我。那现在，我就先标记下这个地方，才好认路。我现在站的地方，后面应该就是那条通道的入口或者是出口，我想它应该是被一个活动的石头给堵上了，就像刚才那块一样。刚才我看见那块石头打开——应该是暗中被人打开的，对，就在小男孩儿唱歌之后，所以那歌声应该就是他们约定的暗号。我也真是蠢到家了，那个明明就是个警告，我居然还是直接走进那条通道。真是老了呀，约翰·梅里克，这是我唯一能解释你为什么会上当的理由。但是费朗蒂的奸计还未得逞，如果我认真想办法，也许他不见得会赢。"

这样想着，约翰更加仔细地在石壁上搜索着，即使他猜不出哪个石头才能启动刚才那条通道，他也相信自己一定能找到。

在搜寻中，他发现脚下的这块石板旁边，有一堆石块一直铺向了山谷末端，看来是这山谷中的道路了。约翰决定往右走，去石房子那儿看看。他抽着烟斗，拄着手杖，小心谨慎地向那栋石头小屋慢慢靠近。这里应该是这山谷的中心了,应该会有人居住。塔托不见了之后,就没再看见过其他人。但在绿色的草地上,可以看见觅食的乌鸦,在那岩石缝中,也能看到些山羊。这里应该还是有其他人的。

约翰走进这房子,发现它旁边还有一个花园。花园里遍地都是花儿、灌木、篱笆和枝繁叶茂的大树。鸡群咯咯叫着,在小道上大摇大摆地走着,整个花园都充满了一种安宁祥和的气氛。

约翰满是疑惑地走过去,然后发现这屋子有许多阳台和走廊,明显是有人居住的。接着,他无比惊讶地看到,在石房子的门口,有一个男人正慵懒地躺在柳条编制的躺椅上。正在他犹豫之时,这男人却站了起来,向他礼貌地鞠了一躬,说道:

"早上好,梅里克先生。"

居然是维克多·瓦尔迪,或者不管这个假名字,这就是那个神秘的公爵!

"梅里克先生,您的到来真是让我这儿蓬荜生辉啊。"他接着说道,"您不坐下吗?caro amico(意大利语:我亲爱的朋友)?"

他语气很柔和,也很友好,但那漆黑的双眸却闪烁着胜利的光芒,上扬的薄唇旁也挂着一抹嘲讽。

"谢谢!"约翰说道,"我当然要坐的。"

他随即走上门廊,在这房子主人的对面坐了下来。

"我是来看看费朗蒂伯爵的,我听说他受伤了。"约翰继续说道。

"这是真的,先生,但不是特别严重。可怜的伯爵伤的最重的应该是他的脑子。不久，您就能看到他了。"

"不急。"约翰环绕四周，"公爵，您这地方很不错！"

"能得到您的赞赏真是受宠若惊，先生。这是我祖上传下来的产业，有些与世隔绝。"

"看出来了。"

"先生，您现在看到的这个房子，已经有差不多330年的历史了，是我一个好清静的祖先造的。此后，我们家族就一直住在这儿，我们也都很喜欢这里的清静。"

"对于强盗来说，这地方倒是非常合适藏身。"这美国人冷静地抽了口烟，评论道。

"强盗？啊，您真幽默，我的先生。强盗！坦白跟您讲，几个世纪以来，我伟大的祖先确实是名副其实的强盗，这不是什么丢脸的事情。他们从这儿发家，做出了一番大事业。我们祖上，历任的亚加达公爵可都是响当当的人物。"

"这点我倒不怀疑。"

"远古传说提到过我伟大的祖先们是如何让路过领地的富人纳贡的——整个西西里岛都是阿拉贡的彼得赐予我们的土地。这里一直是属于我们家族的，直到费迪南德二世从我们手中抢走了它。那些时代是有些野蛮原始，先生。一个绅士，为了保护自己的私有财产，向过路人收取点贡税，就被称之为强盗，之后便名声大噪。但现在时代不同了，在意大利的统治下，我们开化了，温顺了。于是，外面的人都会告诉你们，西西里没有强盗。"

"原来如此。"

"所以在现在，我什么都不是。我的名字被人遗忘，山外的人也不知道我这小地方，但我却很满足。我不需要过去的荣耀，也不羡慕那样的辉煌。能在这儿隐居，偶尔遇到一个像您这样的朋友，我觉得已经足够了。"

"您在陶尔米纳似乎很有名啊。"

"那您就错了，先生。"

"那肯定是有人爬上这山峰，无意间窥见您这隐秘的王国吧。"

"真有的话，他们也早就忘了。"

"我明白了。"

"我也会救济教堂和穷人，只不过都是暗中相助。我的敌人也会无声无息地消失——我不知道为什么，也没人知道。"

"当然没人知道。公爵，您其实比您的祖先们伟大多了，您不是强盗，而是黑手党，您暗中做的都是杀人越货的勾当。真是高明啊！"

"可惜先生，您又猜错了！"公爵皱了皱眉，回答道，"我从来都不知道您说的那个什么黑手党，我本人也不相信有这个组织。我嘛，不是强盗，只是个热爱和平的商人。"

"商人？"约翰回答道，显然被这样的说辞怔住了。

"当然，我的祖先给我留了些东西，都是中世纪的珍品。我就卖了些给我的朋友们——他们跟您一样，都是些外国朋友，也都懂得如何欣赏珍宝——我也就靠这个养家糊口。"

"那您是想卖些东西给我？"约翰问道，已然洞察了这西西里人的企图。

"先生，这我倒是很乐意的。"

这美国人沉默了，开始思考现在的处境。他旁边这位凶神恶煞的强盗很会强词夺理，但毫无疑问，他是个很危险的家伙，不好对付。想着想着，约翰突然觉得这是一场难得的冒险，瞬间也有些热血沸腾了。之前在美国，生活总是单调和平淡。现在，他倒是觉得这些新奇的冒险给自己带来了不少乐趣。要是他的失踪不会让姑娘们焦虑，他肯定一点儿也不后悔误入公爵这隐秘的山谷。

但是现在已然快中午了，姑娘们肯定在焦急等着他吃午饭。他迟迟不回去，她们肯定会去四处寻找，只是他十分清楚，姑娘们这些奔走都是徒劳。即使是一个十分熟悉山路的本地人，也绝对不会知道这儿的入口。更何况眼前这强盗也暗示过，当地的西西里人可是不敢监视他的，更不可能来找他的麻烦。

到目前为止，他也只见到过公爵本人、引诱他的孩子，还有费朗蒂，他一定就在不远处。收到沃森先生的警告信后，他就在大衣侧包里放了一把上膛的手枪，却从没想过自己会陷入到这样的危险中。

而且，他现在也不敢贸然拔枪，毕竟现在可是一点儿都不清楚这强盗头子到底还有多少手下。不过，有枪傍身，倒让他无惧任何事情。只是想到自己如此憋屈地成了阶下囚，一点儿反抗的机会都没有，心中还是有些愤懑不平。也许再等等，事情就会有转机吧。现在最明智的做法还是按兵不动，等待时机。这样想着，约翰又继续冷静地听公爵兜售古玩了。

"给您瞧瞧，"公爵费劲儿地用蹩脚的英语说道，"我这儿有个无价之宝——非常古老，非常美丽。诺曼第人罗伯特曾经拥有它，后来，他把宝贝送给了我一位神勇无敌的祖先。"

说着,他便从口袋里掏出了一枚奇形怪状的戒指,递给了这美国人。戒指的金属光泽已经暗淡了很多,戒面上镶嵌着6颗切口平整的石榴石,看起来像是个古物,又好像不是,但可以肯定的是,它不值什么钱。

"这是我想要卖的戒指,要价也绝对远远低于它自身应有的价值。它将是您的,梅里克先生,我想您肯定会乐意买下的。"

"多少钱?"约翰好奇地问道。

"不多,就几十万里拉。"

"2万美元!"

"罗杰王的戒指啊!真是太便宜了!不过如果是您要的话,这个价肯定给您。"

约翰笑了笑。

"我亲爱的公爵啊!"他说着,"您犯了个错误,我可是个穷人啊,哪儿有那么多钱。"

强盗头子又重新躺回了他的椅子上,点燃了一根香烟。

"我想,您低估了自己吧,我尊贵的客人。"他接着说,"最近,我去了趟美国,人人都说咱们约翰·梅里克的财产早就是好几百万了。看看!"他从口袋里掏出一张纸,"这里详细罗列着您所有的股票和证券,还有政府和铁路债券,以及您投资持有的房产和企业。我来给您念念,如果有错,您可得给我指出来哦。"

约翰静静地听着,心中却满腹震惊。这清单非常详实,总额自然是好几百万,而且这个资产列表远比约翰本人做的还要全面。

第十七章　隐匿的山谷 / 131

"公爵，你的外国朋友搞错了吧！"约翰说着，转换了思路，"这财产是属于另外一个约翰·梅里克的。这名字很常见，也难怪您把我误认成那个有钱的约翰·梅里克了。"

"我就知道，"公爵冷冷地回着话，"咱们尊贵的客人此时一定产生错觉了吧。不过没关系，错觉很快就会消失，您很快就能想起您是谁的。先生，您应该还记得我们是一起坐船横跨大西洋的吧，船上可有不少人在议论您，他们还特意指给我看了看，他们口中的金融巨鳄约翰·梅里克先生本尊呢。您自己的侄女，那个叫帕琪的姑娘，也跟我讲了很多您的事情，她说您对她和其他小侄女都很慷慨。在我离开纽约前，一个颇有威望的银行家也跟我说过，您将会乘坐"和平女神"号出海。所以，这都是您主动送上门的呀，先生，可不是我有意针对您啊。您现在应该清醒点了吧？"

约翰却爽朗地哈哈大笑起来，看来这个强盗还挺狡猾的，不好糊弄过去啊。

"不管我是谁，"约翰接着说，"我都不会买你的戒指。"

"您这样拒绝，真是让人难过啊！"强盗的神色却还是一副淡然，"但是，咱们有时间，有的是时间让您充分去考虑，我恳求您，不要这么快就下定论。这笔买卖我可能有些操之过急了，不过，我想时间，终能让我们做成这笔生意的。咱们现在正事也谈完了，也快到午餐时间了，不管怎么样，欢迎您的加入，先生。"

说完，他尖声吹起了口哨，一个男人便从门口走了进来。走进来的西西里男人，身材高大，肌肉发达，和他主人一样，皮肤黝黑，看起来凶神恶煞。他的皮带上还插着一把长刀，是他们当地称之为"短剑"的一种东西。

"托马索，"公爵命令道，"好好带咱们梅里克先生去看看他的房间，再问问圭多午饭准备好了没有。"

"Va bene, padrone.（意大利语：好的，主人）"他大声回答着，然后领着美国朋友走进了石房子。

穿过宽敞阴冷的通道，到了二楼，托马索把约翰带到了他的房间。进了房间，约翰突然发现这所谓的"牢房"家具齐全，装饰得也很温馨，甚至还有个阳台，可以看见整个山谷的美景。托马索在门口对他不情不愿地鞠了一躬，就踏着步子下楼去了。这伙强盗并没有监视他，也没有折磨他，但他很快就反应过来，自己的确是被囚禁了。只是这牢房不是这个小房间，而是这个美丽的山谷！所以，他们自然不用随时监视他，反正，他也跑不了。

这样想着，约翰想着既来之则安之，干脆仔细地洗了手和脸，又慢慢用准备好的干净的毛巾擦了擦。这伙盗贼也倒是贴心，服务很是周到。突然，从旁边的房间里传来急躁的脚步声，还混杂着生气咒骂的咆哮和咕哝声。

约翰又侧耳听了听，"看来，这强盗不止有我这么一个客人。"他这样想着，不禁也为这位怒气冲冲的同伴感到好笑。

突然之间，他听到了一两个英语单词，这让他吓了一大跳。他立刻跑向旁边那间房，大力拉开了门。而费朗蒂伯爵正在门后惊讶地望着他。

第十八章 羊入虎口

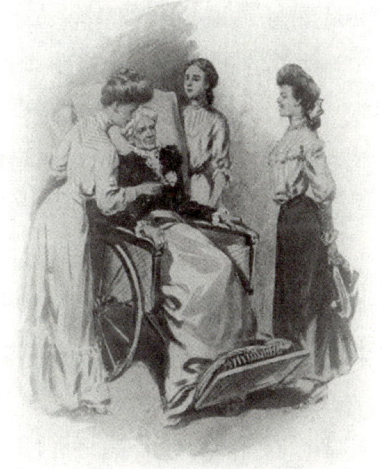

"早上好，伯爵。"约翰满脸笑容地问候着，

而那位还处于巨大的震惊中，

"我的天！他们也把您抓来了？"他大叫着。

"哎，我确实是在公爵先生这儿做客，如果您是这个意思的话。"梅里克先生回答道，"不过，是他抓了我，还是我抓了他，现在还没见分晓。"

这年轻人的下巴上打着绷带，一只眼睛是乌青的，看上去很是焦虑和痛苦。

"先生，您遇到了大麻烦，我们都遇到了大麻烦。"他大声说着，"除非我们心甘情愿让这些强盗抢劫我们。"

"那样的话，"约翰说着，"咱们就让他们抢吧。"

"绝不！下辈子都不可能！"费朗蒂疯狂地大叫着，又颓然地坐在了椅子上，开始哭了起来。

约翰很是疑惑，这瘦削的年轻人——尽管蓄着点小胡子，却没有遮住他的稚嫩——性格中奇特地融合着勇敢和怯懦。但此刻，约翰却觉得他还挺喜欢这小伙子的，以前倒是没有这种感觉。也许是因为他意识到自己错怪了这年轻人吧。

"您看起来好像受伤了，伯爵。"约翰说道。

"哎，我真蠢！我挣扎想要反抗，却被托马索揍了一顿。"他回答道，"您没有反抗，真是明智，先生。"

"那个嘛，我可是一点儿机会都没有。"约翰笑道，"您什么时候被抓的，费朗蒂？"

"昨天晚上，当时我正在酒店花园里散步，那伙强盗就冲过来，拿起一个布袋，罩在了我头上。我拼命挣扎着，想要

呼救，他们就打我，我失去了知觉，就被带到了这里。他们还从我的房间里把我的旅行箱也一起拿过来，造成了我赖账逃跑的假象。我从昏迷中醒来，就在这屋子里了，身边还有个医生。"

"医生？"

"哦，这个该死的地方有医生，而且还有牧师和律师。公爵向我道了歉，说会教训弄伤我的手下，但却还是囚禁着我，跟您遭遇的一样。"

"为什么？"

"他想要赎金。他强迫我买一个古老的黄铜烛台，要我付给他5万里拉。"

约翰若有所思地看了看他这位小伙伴。

"告诉我，费朗蒂伯爵，"他说，"您到底是谁？直到刚才，我还以为您是公爵的同谋。如果他也为了赎金把你抓来，想必，您也是有些身份地位的人。所以，我能和这强盗公爵一样，知道您的真实身份吗？"

这年轻人犹豫了会儿，紧接着伸出双手，做了个请求的手势，说道：

"还没到时候，梅里克先生！不要逼我，我恳求您，也许当初骗您是我做错了，但时机成熟，我会向您解释这一切，那时，您就会理解我了。"

"那你真不是伯爵？"

"不是，梅里克先生。"

"也不是意大利人？"

"也不算完全不是，先生。"

"您骗我们是不是……"

这时，托马索突然推开了门，打断了他们的谈话。

他粗声地咕哝着说了句意大利语。

"他说什么？"约翰问道。

"午饭准备好了。我们要下去吗？"

"当然，我饿了。"

他们跟着托马索下了楼，来到了一个低矮阴冷的房间。这间屋子刷得雪白，墙上还挂着些宗教类的书画，只是颜色很是俗气。屋子的正中间摆着一张长长的桌子，桌子上已经铺上了雪白的桌布，摆好了现代的陶器，玻璃器皿和古老的银制餐具。

主位上摆放着两个宝座一样的椅子，只是一个比另一个高大一些。主位旁的副座上，坐着一个满脸皱纹的老女人，像极了木乃伊，只是那双小眼睛，闪耀着精明的亮光，给她带来了些生气。她是在场唯一坐着的人，一双眼睛向上翻着，狡猾地打量着这两个陌生人。公爵站在她旁边那个小一些的宝座后面。他示意这两个美国人坐在他旁边的两个位子上。而在他们对面，靠近大一些的宝座椅旁边，也站着两个有些打眼的人。约翰之前没有见过他们。其中一个是卡普奇尼修道士，他削了发，穿着一身粗制的袈裟，腰上系着一根绳子，一只眼睛瞎了，另一只眼睛的眼皮也耷拉着，只微微留了一点儿小缝儿。修道士很胖，所以显得有些笨拙，穿着也很邋遢。他站在椅子后面，双手扶住椅背，但也有些轻微地晃悠。旁边站着的是个打扮得油头粉面的男人，人很瘦，穿着和举止倒是显得很年轻。费朗蒂低声告诉约翰，这人就是他说的医生。

这些位子比在长桌另一端的位子都要高一些，低处的位子坐着的自然是仆人：有几个身强力壮的西西里汉子，穿着普通农民的服装。还有些长相粗野的女人,看上去倒很安静。但塔托不在。

"先生,"公爵向这两个美国人说道,"请允许我向你们介绍我的母亲大人,我们显赫家族的首领,威震整个西西里,赫赫有名的亚加达公爵夫人。"

说着,公爵向那个老妇人鞠了个躬,约翰和费朗蒂也顺势俯了下身,桌子另一头的仆人们也谦卑地深深地鞠了一躬,公爵妇人却没有任何回礼的意思,她那念珠般的小眼睛正直直地盯着"客人们"的脸,好像要把这两人生吞活剥了一般。一会儿,她又垂下了眼,看看面前的盘子。

胖牧师注意到这点,立即嘟哝着"感谢主,赐予我们食物"一类的字句。公爵摆了摆手,让大家都坐下来。

约翰觉得自己好像在参演一部喜剧一样,很是有趣。但很快,他的注意力就被还冒着烟儿的通心粉和红烧羊肉吸引住了。这些食物都首先供给公爵夫人,再是公爵,接着是他们这两个"客人"。那些仆人们望眼欲穿地看着这些大人物都吃过后,才终于接到了盘子,狼吞虎咽地将剩下的食物一扫而光。

约翰忙碌地挥舞着刀叉,发现这里的食物味道还真是不错。但费朗蒂却没什么胃口,他被打掉了几颗牙齿,稍微好转的手腕也在昨天晚上的混战中再次受伤,此刻正极其疼痛。

公爵也没说太多的话,显然,他十分尊敬那位年迈的公爵夫人,这位夫人现在也是安安静静地用餐,丝毫都没有在意这周围的一切。公爵最后还是开口夸了他的酒,说是自己葡萄园里酿制的,让这两个美国人都敞开了喝。

老夫人用完餐,便举起了手。大家立刻站了起来,有两个女人赶紧上前，扶着她离席。她靠着她们的肩膀，原来这老夫人站起来比自己的儿子还要高，而且这么大年纪，精神却还如此好，倒是挺少见的。

她走后，大家就显得随意些了，话也就多了起来，连仆人们都放松地用意大利语聊起大天。

午饭后，公爵将他的"囚犯"们带到了走廊，又给了他们些雪茄。这些雪茄都是塔托买回来的，这小家伙儿现在蜷缩在公爵的大腿上，身体亲昵地赖在公爵的怀里。公爵的神情也渐渐柔和下来，温柔地抚摸着孩子的头。

约翰满是欢欣地看着这温馨的一幕，这还是到这个地方之后，约翰第一次见到这个小孩。

"这是您的孩子，公爵？"

"是的，先生，是我唯一的孩子。也是我所有财产的继承人。"

"虽然他还这么小，也算得上是个很棒的强盗了。"梅里克先生附和道，"啊，塔托，塔托！"他转而冲这孩子摇了摇头，"你怎么忍心欺骗我这个纯良的老人家呢？"

塔托咯咯地笑着说道：

"先生，我可没有骗您哦，您误会我了。我跟您说费朗蒂伯爵受伤了，他的确是受了伤啊。"

"可你跟我说他需要我的帮助呀！"

"他难道不需要吗，先生？"

"你的英语怎么讲得这么好啊？"

"是安东尼神父教我的。"

"就是那个修道士？"

"是的，先生。"

"我的孩子最有语言天赋了！"公爵得意洋洋地说道，"嗯——从他很小的时候，我们就教他英语、德语和法语。这可帮了我不少忙，塔托总能讨我们客人的欢心。"

"您没有意大利客人吗？"约翰问道。

"没有，现在意大利掌管了西西里岛，我们也是要效忠祖国的。我们这儿德国和法国客人也不多，只是偶尔有几个着了我们的道儿。我还是最欢迎美国人，他们也经常来我这儿。去年就有3个，现在，我们又有了2个，真是让我倍感荣幸啊。"

"我想美国人比较好骗吧。"

"美国人都很有钱，他们买东西，那可是豪掷千金啊。对了，费朗蒂伯爵，"他转向了这个年轻人，"您考虑好了吗，准备买下我那小物件了吗？"

"如果你指的是那烛台，我告诉你，我是不会买的！"他回答道。

"不买？"

"绝对不买，我才不会花5万里拉买那破铜烂铁！"

"我忘了告诉您了，先生，那烛台现在我不卖了。"公爵邪恶地笑了笑，"我现在要卖给您的是这有百年历史的手镯。"

"真是谢谢你了，这次多少钱？"

"10万里拉，先生。"

费朗蒂显然被吓到了，而后他看了看这强盗，笑了起来。

"太可笑了！"他接着说，"我可没那么有钱，只有很少的一点，养活自己都不够，怎么买得起你的手镯！"

"先生，我可是愿意赌一把！"强盗头子冷冷地说，"您只需要给纽约的爱德华·莱顿先生写封信，说你要10万里拉——或者2万美元——那这镯子就是你的了。"

"爱德华·莱顿！我父亲的律师！您是怎么知道他的，先生？"

"我在纽约有个代理人。"公爵回答道，"最近嘛，我也亲自去了一趟。"

"哼，你这可恶的强盗，既然你这都知道，那也该知道我父亲是绝对不会给你们这么大一笔钱的。我都怀疑我父亲是否舍得花一个子儿来赎我呢。"

"先生，我就不跟您讨论这个了，但我要很遗憾地告诉您，现在根本不用您的父亲亲自来给这笔钱了，你们的律师就可以了。"

费朗蒂面无表情地看着他，问道："你这话什么意思？"

公爵弹了弹烟灰，饶有兴致地看着还在烧着的雪茄，缓缓说道："您的父亲，"他缓缓地说道，"4天前，死于一场火车事故。我也是刚刚才收到的电报。"

他话音刚落，费朗蒂已经浑身发抖地瘫坐在那儿了。他一言不发地看着这个男人，心里充满恐惧。

"这是真的吗，先生？"约翰立刻追问，"还是您又在耍什么花招？"

"先生，这当然是真的。非常抱歉，我这么突然地告诉你们这一不幸的消息。但这年轻人总以为他买不起我那小小的手镯，所以我才必须好心地提醒他一下，这小子可是一夜暴富啦——当然，虽然远远比不上您这位大金主，但也是有钱人了嘛。"

费朗蒂这时止住了颤抖,但眼睛里依旧充满了恐惧。

"火车事故!"他自言自语着,声音很是嘶哑,"在哪儿,先生?求您告诉我!您真的确定我父亲已经过世了吗?"

"先生,万分肯定。我的消息绝对可靠,但是事故的具体细节我就不知道了,我只知道您的父亲死了,他将所有财产都留给了你。"

费朗蒂支撑着站了起来,蹒跚着走向他的房间。约翰看着他失魂落魄地离开,心里满是同情,却也没法给予他安慰。费朗蒂走后,约翰平静地问道:

"他的父亲也是美国人,公爵?"

"是的,先生。"

"照您说的,也很有钱?"

"非常有钱,先生。"

"那他叫什么?"

"啊,那枚戒指,我亲爱的客人,您觉得15万里拉会不会是有点太多了呢?"

"您之前说的是10万!"

"那是今天早上的事情了,先生。这戒指嘛,总是要涨价的。到明天,毫无疑问,那肯定就涨到20万啦。"

塔托看着这美国人忧伤的脸,哈哈大笑起来,紧接着,约翰也跟着笑了起来,说道:

"公爵啊,那就明天再说吧!"他说道,"我也不想害你赚少了,那我们就等到明天吧。"

这强盗头子有些迷惑地问道:

"梅里克先生,我能问问您怎么想的吗——我可是警告过您要涨价啊!"

"哎,公爵,这就是一个生活方式的问题。在美国,我的生活非常单调,生活也挺无聊的。我住的地儿也没有什么强盗,没有什么隐匿的山谷,更没有您这种无法无天的强盗。现在的处境倒让我觉得很有趣啊。您这些手段非常独特,很是考究啊。如果正如您调查的那样,我是那么有钱的人,多花几十万里拉来享受下这次行程也无伤大雅嘛。难道不是吗?"

公爵皱了皱眉头,怒气冲冲地说道:

"您这是在要我?"

"这怎么可能?我就是您的忠实观众,想要静静欣赏完您导演的这台戏啊!我还挺期待您接下来的表演呢!您这戏演得挺棒的,就是门票贵了点儿。"

公爵瞪圆了眼,没有再接话。他坐了下来,继续爱抚塔托的头发,却一直凶狠地盯着这美国人。

过了一会儿,小孩儿低语了几句意大利语,公爵点了点头。

"好吧,先生。"他冷静地说,"明天就明天吧,您高兴就好。"

接着他拉着塔托的手,慢慢起身离开了走廊。

这美国人看着他们远去,心里满是疑惑,突然他笑了起来,自言自语道:"哎,不管怎么说,我也算是解开了一个谜团。塔托原来是个女孩!"

第十九章 进退两难

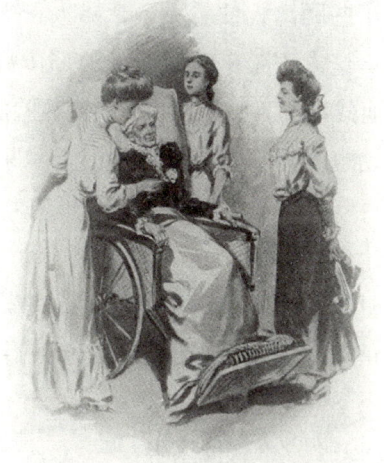

现在走廊上，只剩下约翰一个人了，他也慢慢拿起手杖，准备在这山谷里走一走。

他对年轻的费朗蒂深表同情，但他知道怜悯并不能缓解这年轻人心中的痛苦。这噩耗当真是晴天霹雳啊！这年轻人现在必须一个人去承受这样的悲伤。约翰打算晚一点儿去问问这位朋友，解开他身上的谜团。

山谷沐浴在下午的阳光中，显得非常漂亮。石房子旁有块菜地。此时上方倒垂的峭壁挡住了阳光，菜地是阴凉的。一个面相凶恶的西西里人正在那里辛勤劳作。约翰看了他一会儿，但那人却根本不理他。公爵这儿的仆人看起来都非常粗暴和忧郁。之前约翰遇到的西西里人大多是慈眉善目，面带喜色的。这样想着，他慢慢走到了小溪边。

小溪下方是绿色的草地和成片的果林，这小个子绅士沿着溪水走了些距离，便看见一个男人正坐在池塘旁，全神贯注地钓鱼。这人正是午饭时看到的那位打扮得油头粉面的医生。现在他戴着一双手套，和一顶遮住脸的宽边草帽。

他一动也不动，只是专注地看着水里的鱼线。约翰慢慢走近，全然忘了自己身处异国他乡，随口就问道：

"有什么收获吗？"

"暂时没有。"这钓鱼人用简洁的英语口齿清楚地回答道，"这鱼饵放得太早啦，鱼儿们要一个小时后才会来咬饵的。"

"那您怎么这么快就来了？"

"还不是想逃离那鬼地方。"他朝着石房子方向点了点头。

约翰很惊讶,还是追问了一句:

"但是,医生,您可没有被囚禁在这儿啊。"

"可我得养家糊口啊!公爵支付的薪水非常可观——或者说是公爵夫人给的吧,她才是这里的主人。我医术很高明,他们也都知道我绝对配得上这个价。"

"您说公爵夫人才是这儿的主人?"

"当然,先生。公爵也是听命于她。她负责策划好一切,她儿子只需要照办就行了。"

"那是公爵夫人派他去美国的吗?"

"我想是的。不过,您也不要误会,公爵本人也非常聪明,和他老母亲一样奸诈狡猾,他俩也一起教养那小孩,好让他接班。这真是太可怕了!"

"您在这儿多久了?"

"七年了,先生。"

"您随时可以辞职离开吧?"

"当然!不过有时候我也很犹豫。说不定哪天我就去威尼斯,彻底告别这样的生活了。我是个威尼斯人,您应该发现了吧,不是卑鄙的西西里人。有时呢,我又会想,我得攒足了钱才能出去过上安定平静的日子。我在这儿赚的钱,都一分一分存着,想花也没地儿花。"

约翰挨着这位正在吐露心声的威尼斯人,坐了下来。

"医生,"他说道,"我对这位你们称之为公爵的人有些疑惑啊,他们抓我,敲诈赎金的大胆举动也太新鲜了!我想听听您的建议,我该怎么做呢?"

"先生,您唯一能做的就是给钱。"

"难道只有这一个法子吗？"

"您没有发现吗？如果您不给钱，您的朋友根本收不到您的任何音讯。公爵在他妈妈的辅助下，就是这儿的土霸王。如果您胆敢违背他，他就会杀了您！"

"真的？"

"千真万确，先生。在这儿，我曾经亲眼见过他杀了好几个不顺从他的人，但外界对此根本一无所知。跟他对抗就是找死。如果您没钱，您肯定不会落在他手里。公爵清楚那些爱在国外旅行的美国人的所有财产状况，他也知道这些人都喜欢来西西里岛。有些人能逃脱他的圈套，但不少人都中招了，因为他相当奸诈。他的高明之处在于，他不会要您所有的钱财，只会要一小部分。被他勒索过的人也依然能过着富足的生活。如果他要的是您全部的钱财，那很多人宁愿去死也不会答应给钱。大多数人还是愿意花点小钱免去灾祸，重新生活。这就是为什么他们常常都能得手的原因，也是为什么一直也没人来找他麻烦的原因。对那些美国人来说，这就是一场抢劫，自然也不会对外人提起这不光彩的经历。他们只要回到家，再不到西西里岛就行了。"

"嗯——嗯，我明白了。"

"但是，如果您不给钱的话，您就不可能离开这个地方。您会立刻被杀掉，这事就算结了。公爵虽然不嗜血，但也不会放过违背他的人。"

"我明白了。那如果我给了钱，出去后立马向意大利政府报案呢？"

"有人这么做过，先生。但政府是不会管的，他们不知道亚加达公爵，也根本不相信有这号人的存在。他们会仔细

'调查'后，宣告这事只是个谜。"

"那就没有其他路可以逃出去吗？"

"绝对没有。在这个开明的时代，绝对没人会想到有这样一个地方的存在，是吧？但它却真实存在，也只有在'客人'冥顽不灵或是意图反抗的时候，这里才会变得危险起来。打起精神，赶紧给钱才是最明智的方法，也才能让您脱离险境。"

"谢谢您。"约翰说道，"我应该很快就会给钱。但再跟我说说别的吧，满足满足我的好奇心，公爵是怎么杀掉那些反抗者的？"

"据我所知，他不把这称之为谋杀。他说这是自杀，或者是意外。他会让反抗他的人一直朝前走，最后掉进一个很深的坑里。这坑深不见底，掉下去也就只有死了，那儿就是反抗者的墓地。这些人很快就被遗忘了，而公爵他们开始着力设计新的骗局。"

"真是太黑暗了，医生。"

"是的。我告诉您这些也是因为我本质不坏。我憎恨犯罪，也非常希望您能活下来。但即使您死了，我的薪水还是会照付。我是被请来负责公爵一家人的身体健康的——尤其要照顾好公爵夫人——我可没有加入他们这肮脏的勾当。"

"鱼儿上钩了？"

"没有，先生。是水流，鱼儿还没有上钩。"

约翰起身，跟医生道别了：

"下午愉快，医生。"

"下午愉快，先生。"

他离开了还坐在那儿的老医生，继续朝前走。这山谷不到一千米长，差不多有四、五百米，形状像是个巨大的圆形剧场。

小溪在远方石壁处消失了，这美国人也走到了尽头，他转身穿过果林，回到了石房子里。

这地方很安静，透出些荒凉，也让人觉得闲散，不禁有些昏昏欲睡。约翰回到他的房间，躺了下来，很快就进入了沉沉的睡梦中。

当他再次醒来，便看见费朗蒂坐在他床边。这年轻人脸色虽然还很苍白，倒也显得镇静。

"梅里克先生，"他说道，"您准备怎么办？"

约翰揉了揉眼睛，坐了起来。

"我打算买下那枚戒指。"他回答道，"看能不能跟公爵谈个好价钱。"

"我真失望。"费朗蒂僵硬地回答着，"我可不想就这样被抢了。"

"那就写封诀别信吧，我帮您转交给您的朋友们。"

"不需要，先生。"

约翰若有所思地看着他，问道：

"那您打算怎么做？"

费朗蒂往前凑了凑，轻声说道："我有把结实的折刀，刀片很长。我想杀掉公爵。擒贼先擒王，一旦他死了，其他人就不敢对付我们了。他们肯定会害怕地逃走的！"

"您愿意冒这么大的险，都不愿给钱吗？"

"先生，我咽不下这口气，我不想让这群无名渣滓骑在我的头上。"

"那好，费朗蒂，您要尝试的事情非常危险，容不得半点闪失，但我一定会力所能及地协助你。"

约翰从口袋里拿出手枪，交给了他的伙伴。

"子弹都上满了。"他低声说道，"也许这比你的刀更有用！"

费朗蒂的眼睛都亮了，

"很好！"他叫了一声，藏起了枪，"我也会见机行事，尽量不出差错。同时，当您在和公爵讨价还价时，也尽量拖住他，不要很快成交。"

"好吧，朋友！我等着看您的表现。您要是失手，这戒指肯定就更贵了。但我愿赌服输。"

约翰顿了顿，又说道：

"伯爵，您的父亲真的过世了？"

"是的，公爵已经给我看了他的代理人发来的电报了，确实是真的。这些年，我跟我父亲一直处得不太好。他是个很严肃的人，冷漠而且也没有什么同情心。但我也非常后悔，在他临死前也没能和他讲和。唉，现在后悔已经太迟了。我试着尽量不忤逆我这唯一的亲人，但他也许不理解我的性子，可能我也不够了解他。"

他叹了口气，起身走到窗边，竭力掩饰自己的情绪。

约翰也沉默着。不久后，托马索就跑进来通报再过半小时用餐，公爵希望他们能和大家一起共进晚餐。

第二天早上，梅里克先生欣然前去和公爵讨价还价。但最后，双方都没有达成共识。费朗蒂没有参与谈话，他看上去很是阴沉，一直没有说话，公爵也没有逼他。

次日，公爵说已经谈了很久却一直没个结果，他答应给他们三天时间，让他们好好想想。不过每耽搁一天，赎金自然也是得往上涨的。如果三天之后，他们仍然如此顽固，他就会邀请他们去散步，把这件事了结了。

费朗蒂揣着手枪，静待时机。约翰觉得这年轻人本有千百次绝佳的机会可以干掉这个强盗。他死在他们手上本来也是罪有应得。但尽管费朗蒂决定要干掉他，却总有些犹豫不决，没法狠下心来。这三天的"特赦期"倒是让他松了口气，可以再把事情往后推推了。

他其实也后悔自己如此优柔寡断，但不知为何，他总觉得这人还不至于坏到那种程度。当他们第三天早上醒来的时候，也就是被"囚禁"的第五天，他发现已经有人仔细搜过他们的房间了，枪和刀都不见了，这让他们倍受打击。

第二十章　隔墙有约翰

约翰现在觉得继续跟公爵作对不会有任何作用了，相反，还会很危险。他自然非常不乐意给如此多的赎金，可现在已经落入贼窝了，也没法和外界取得联系，甚至都没法保证自己的人身安全，不知道这些目无法律的暴徒究竟会如何对付他们。唯一可以确保他们安全的方法就是尽量去满足这群恶棍的要求了。

这结论，是在他围着山谷走了很久之后得出的。在这过程中，他再次确定了这个地方的闭塞性，也再次确定这儿的悬崖峭壁没法助他们逃生。医生又在溪边钓鱼，丝毫不在意约翰的到来。看着这衣冠整洁的小个子男人，梅里克先生心生一计。他立刻背对着这钓鱼人，挨着他坐了下来。

"我想出去。"他坦率地说，"起初还挺有趣，但是现在有点受够了。"

这医生仍旧目不转睛地盯着鱼线，没有任何回应。

"我想要您告诉我怎么才能从这儿逃出去。"约翰说道，"您不用再说什么无能为力的话，我想对一个聪明人来说，没有问题能难倒他。而我相信您是个聪明人。"

依然没有回应。

"您说过，有一天等赚够了钱，就想回到家乡过安宁祥和的日子。我想先生，这儿就有个帮您早日实现这个梦想的机会。强盗们想要从我身上诈取很大一笔钱，但我更愿意给您——全部都给您——只要您告诉我怎么逃出去。"

"您为什么要这样做？"医生好奇地问道，依旧盯着鱼线，"您的钱给了谁很重要吗？"

"当然。"约翰立刻回答道,"给您的话,就是我付的服务费,我会非常乐意。但要是给强盗的话,就是我被抢了,这就有违我的原则了。公爵最后让我给他5万美元。如果您答应帮我,这钱就归您了。"

"先生,"医生冷静地说道,"我非常想要那笔钱,但我想我恐怕赚不到那个钱。除了那隐在岩石中间的通道,这里没有任何可以出去的路。但开启这条通道的秘密只有三个人知道——公爵他自己,塔托和公爵夫人。也许,托马索也知道,不过我不确定,我想他也不会承认的。其实,先生,我跟您一样,也是被困在这儿的。"

"这里一定有其他方法可以爬出这峭壁吧,像是一些秘密通道或是地下隧道。"约翰一边思考一边说。

"这群强盗的祖先可是一百多年前就盘踞在此了。"医生回答道,"据我所知,是在两三个世纪之前。从那以后,这里就是个贼窝了,就像您看到的这样:囚禁别人直到拿到赎金——没人能离开这个地方,除非他给了钱。"

"那您是不能帮我了吗?"约翰说道,他已经有些厌烦听到这些悲观的说辞了。

"我甚至连我自己都帮不了。因为除非公爵夫人放我走,我也不是想走就能走的。"

"早上愉快,医生。"

约翰说着,慢慢朝着石房子走去了。偶然间,他发现了一条小路,通往石房子后面。之前,他还从来没有走过。他便顺路走着,来到了一个篱笆前,里面满是枝繁叶茂的树木,还有些仙人掌。这些植被看起来是有人特意栽种的屏障。约翰小心翼翼地拨开挡着篱笆缝隙的树枝,透过这些枝枝叶叶,看到了前方有个非常漂亮的花园。美景在前,他立刻从这缝隙中挤了进去。

眼前的花园打理得有些粗糙,却也不算太糟,隐隐还能看出一些装饰的痕迹。园中还有许多灌木和一些奇花异草。园中狭窄的小径上铺满了树叶,绿荫下还有几个凉亭,仿佛在热情邀请游人远离毒辣的阳光,到此稍作休息。这花园也不是很大,园中枝繁叶茂,草木丛生,倒让人觉得有些拥挤了。

约翰顺着园中小径,曲折迂回地走着,突然就走到了尽头。这里种了不少相思树。攀沿的藤蔓层层绕着相思树舒展开的枝桠,这样一来,相思树倒有些像是个凉亭了。这些缠绕的藤蔓,也长着浓密的树叶,开着紫色的花朵,密密地挡住了视线,连前方的花园都看不清了。

约翰站在那儿,环顾四周,正打算换条路走走时,突然在他身后不远处,响起了清晰的说话声,吓了他一大跳。这声音正是从藤蔓遮住的另一边传来的,听起来像是有人在用意大利语争吵着什么。这声音很尖,一直喋喋不休。约翰即使一句话也没听懂,也能感受到这口气里不容挑战的权威。

接着,传来了公爵的声音。他说得很慢,语气也满是愤懑,而且他说的内容好像让之前那个声音更加恼怒了。

美国人有些好奇,恰好发现眼前有处地方的树叶比其他地方要少很多。他便轻轻走上前去,小心地拨开了树叶,透过这细微的缝隙望过去。他看到了一片被树荫笼罩的空地,上面摆放了些舒适的桌椅。几步开外是石房子的一个侧厢房,显然是这家女主人的卧室。老公爵夫人依旧面如死灰,眼睛里却闪烁着毒蛇般的光。她像女王一样坐在一把宽大的椅子上,其他人都以她为中心坐在一旁。约翰最初听到的那个尖锐的声音,应该就是她的。公爵坐在她的对面,瘦削的脸上阴云密布,透着不悦。塔托则坐在她父亲脚下的一个小凳上。在他们身后,还有三个女仆,正忙着做些针线活儿。公爵旁边还站着一个叫彼得罗的强盗。

老妇人言辞激烈,絮絮叨叨说了很久,塔托忍不住说道:

"用意大利语吵架真蠢,仆人们可都听着呢。"

"那我们就说英语。"公爵夫人回答道,"这些事情也不该让下人听到后到处嚼舌根。"

公爵也点头同意了。塔托和她的祖母都说着一口流利的英语。公爵虽然说得有些结结巴巴,但还是能表达清楚自己的意思。

"我依然是这儿的一家之主。"公爵夫人再次开口,声音不似之前那么尖厉,"你们都得服从我的旨意。"

"我确实尊重您的地位,"公爵用英语吃力地回答道,"但您已经老了,不中用了。"

"不中用了!你这样说我?"

"是的,您真是可笑,您生活在旧世纪,所以到现在,您还认为我们应该继续做您那些祖先做的买卖。"

"你能做得更好吗?"

"当然,世界都变了,世界在进步,可是您却还是这样固步自封。您还想着什么杀人越货的伎俩,这跟您那伟大的公爵祖先做的有什么两样。您觉得我们还是与世隔绝,还是不可一世。哼,我们什么都不是——只是些平凡的渣滓,是西西里岛的暴徒,是放逐者!早晚会有一天,意大利会派人来驱逐我们,那时,我们就彻底完了。"

"他们敢来找我们的麻烦！"

"您真是老糊涂了，也太看得起自己了！您一点都不了解现在的世界，我出去闯荡过，去过很多国家，我比您看得更清楚。"

"但你还是得听我的，也只是我的仆人，只有我才是这里的主宰。你想反抗，想逃跑，可还不是被我掌控着，还是得留在这儿，心甘情愿为我效力。"

"自从我哥哥里多尔福被杀，我就无心再当强盗了。这是真的，而且，我们很快也不需要再做这个了，我们已经很有钱了。如果我有个儿子，我可能不会这样。但我只有塔托，一个女孩儿是做不好强盗的。"

"为什么不能？"老公爵夫人轻蔑地叫了一声，"女孩儿——总是这个女孩儿——你一直拿她当借口。但是统领着这里的我，难道不是一个女人吗？"

塔托低声回答道：

"祖母，您就是个被放逐的强盗，其他什么都不是！"她继续说着，"您拥有的钱，拥有的权利，都为外人所不齿。外面也没有人知道您的存在！我亲爱的祖母，您的人生就是一场悲剧，我不想跟您一样！"

公爵夫人尖声咒骂着，那双恶狠狠的双眼似乎想将那小孩儿生吞活剥，但她此时却找不到任何话来反驳。

约翰会心地笑了笑。他一点儿都不觉得偷听这强盗一家子的谈话有多么羞耻，倒是意外地知晓了原来这不可一世的家族背后早就分崩离析了。

"到目前为止，我们是逃过了法律的制裁。"公爵继续说道，"但如果我们继续做下去，就不会一直这么走运了。现在是个收手的好机会。这次我们抓到的美国人,其中一个就能赚到25万里拉——这可不是小数目——另一个咱们也能赚15万。再加上我们之前有的,已经是享用不尽了。我们完全可以解散仆人们,远走高飞,到一个没有人认识我们的地方,过上体面的生活。我们的塔托也会是个名门闺秀,而不再是强盗的孩子。"

塔托高兴地跳了起来,双手搂住了她爸爸的脖子,热情地亲了亲。

公爵夫人静静地看着这对亲昵的父女,脸上依旧毫无血色,甚至连那双眼睛也黯淡无光了,但她依旧固执地说道:

"你可以收了那肥猪美国佬的钱,这样做是对的。但那胆敢自称费朗蒂伯爵的年轻人,他的钱我们不要,他必须得死,我可是早就说过了的。"

"我不会去冒这个险的。"公爵闷声地说了句。

"那些埋在坑里的人泄露过我们的秘密吗?"她厉声问道。

"没有,但是他们都是一个人。现在这里却有两个人,他们在陶尔米纳和那不勒斯可认识许多有权势的人。只要那个叫梅里克的一回去,大家就会知道费朗蒂在这儿。然后就会有一队军队堵在我们门口,跟我们要人。不管这年轻人是死是活,我们都会被灭掉。这么做真是太愚蠢了,您现在真是老得不中用了。"

"滚!"她厉声尖叫道,"你,还有塔托,带上你们的钱,都滚吧,把我留在这山谷里,把那费朗蒂也给我留下,我要杀了他报仇!如果那些士兵要杀我,我一个人也认了。"

"您对现在的世界真是一无所知,逃跑根本解决不了问题。"公爵思索了片刻，回答道，"您可不要忘了，那费朗蒂可是我抓来的。这些士兵只会认为是我杀了他，甚至连塔托都脱不了干系。这样不行的，夫人。两个美国人都得死，不然就必须给了赎金后都离开。"

约翰震惊了，心里很失望，这样的转折显然是他没预料到的。

"这样，"老夫人断然说道，"那就把他们都杀了。"

"哦，不！"塔托叫道，"不要那样，祖母！"

"确实不行。"公爵也赞同道，"我们需要他们的钱。"

"你已经很有钱了。"公爵夫人说道，"你不是一直都这么说吗？我也知道这是个事实。"

"这个世界里，"公爵解释道，"有太多您不了解的奢侈品了。做个富人需要的钱可比您那时候需要的更多了，我的妈妈。有了他们的赎金，再加上我们现有的，才算得上够了。不然，我的塔托就得不到我想要给她的一切了。所以就算是为了我的女儿，我也不会冒险杀了他们的。"

"那我怎么复仇？"

"哎，复仇有什么用呢？就因为这孩子的爸爸娶了姐姐比安卡，却辜负了她，我们就得杀了他们的孩子？"

"他是他父亲的儿子。他的父亲，你说的，都已经死了。我的孩子比安卡也死了。我的仇就只有找亚瑟这小子报了，只有他的死才能解恨！"

"您又在犯蠢了，"公爵冷静地说道，"他不能死。他什么都不是，只不过是咱们的聚宝盆罢了。"

"他是我的外孙，我让他死，他就得死。"

"他也是我外甥，我就要让他活着。"

"你这是在挑战我？"

"当然。我确实是在挑战你。新世界可不允许夫人您在家里做出任何疯狂的举动了，一切我说了算。您要是一意孤行，躺在坑里的就是您。如果您还觉得自己有理，就请在您这院子里待到想清楚为止。走，塔托，我们该走了。"

他起身拉着小孩的手，拂袖而去。这老女人一言不发地盯着他们的背影，眼睛里面跳动着邪恶的火苗。

约翰也转身，悄悄退出了这花园。他心中充满了震惊和恐惧，额头上满是豆大的汗珠，即使在这炎热的天，也是极为不正常的。

他心中此时对公爵涌起了些许好感。

第二十一章　夺命深坑

第二十一章 夺命深坑

一小时后,午饭时,他们又见面了,只是不见了公爵夫人,估计还在自己的花园里大发雷霆。塔托虽然极力想要表现得镇静一些,但也没有完全藏住自己心里的愉悦,嘴角也挂着明朗的微笑。塔托还偷偷地在桌下握了握她爸爸的手,这个小细节让约翰舒心地笑了笑。约翰知道真相后,对这小姑娘涌起了无限的同情和爱怜。

公爵却比以往更严肃了。虽然他成功地呛住了自己的母亲,但他却比塔托更加害怕,因为他比任何人都清楚,他母亲早年可是胆大妄为,坏事做尽啊。落在她手上的人只有一个逃脱了,那是因为她的女儿比安卡爱上了那个被劫持的美国人,暗中帮助他逃出了山谷。比安卡知道通道的秘密,打开通道后,她自己也跟着她的爱人远走高飞了。不然,她这位暴躁的母亲肯定会杀了她。但后来,比安卡又回来了,最后死在了家里。不过她最终得到了母亲的谅解,但这老太太却将怒火转移到比安卡的美国丈夫身上。一想到就是因为他对自己的女儿施暴,才让比安卡逃回西西里岛,就让她心如刀绞。

没人比他这个做儿子的更清楚她邪恶的本性,所以他才不确定自己刚才是否真的让母亲知难而退,也很怀疑自己是否真的控制住了局面。是的,如果不是为了塔托,他也从没有想过要和母亲正面冲突,撕破脸皮。塔托是他的支柱,给了他力量,让他能够战胜胆怯,直面种种困难。

午饭时,塔托一直和约翰开心地说笑,甚至有时还试着逗逗那满脸忧伤的费朗蒂,这位现在也是闷闷不乐,跟她爸爸一样,不爱说话了。桌子另一端的的仆人和强盗们也满心欢喜地看着这小家伙,显然,大家都很爱塔托。

午饭后,在门廊上,公爵又再次开门见山地提出了赎金的事情,依旧是那套要卖掉他珍贵的古老珠宝的说辞。

"先生,"约翰说道,"我很乐意给钱,但是我有个条件。"

公爵皱了皱眉,说道:

"我们不接受任何条件。"

"这个您还是接受吧。"约翰回答道,"因为这能让我们都很愉快,我出自真心地想要给塔托一份礼物,在她结婚时,她将会得到我这5万美元的嫁妆。"

塔托握紧了双手,问道:

"我穿的是男装,您怎么知道我是女孩?"

她这问题把公爵都逗笑了,但是下一刻,他又严肃地摇了摇头。

"不可能的,先生。"他否决了约翰的提议,"我们谈的是生意,您必须立刻买下这枚戒指!"

这小个儿美国人叹了口气,这本是他最后的希望啊。

"好吧!"他说道,"就照您的意思吧。"

"您会让您的朋友送钱吗?"

"公爵,什么时候都可以,我现在可是在您的手心里,自然一切都得听您的。"

这强盗头子继而转向费朗蒂,问道:

"那您呢,先生?"

"我不知道我是否能筹到您说的那笔钱。"

"那您愿意照我说的去试试吗?"

"愿意。"

"那就好,先生们,现在问题就都解决了。很快,你们就能离开这儿了。"

"越快越好。"费朗蒂回答道。

说完,大家都沉默了,陷入了沉思。

"塔托,去找你的祖母!"公爵说道,"尽量不要和她冲突。如果她还在生气,就躲开她,明天你还得替这些先生们给他们的朋友送信。"

塔托亲了亲她爸爸,顺从地离开了。强盗头子接着对托马索吩咐了些什么,这大个子意大利人立即转身走进了房里,又很快拿了纸笔走了过来,恭敬地放在了一张小桌子上。

约翰也没再抵抗,坐下来拿起了笔。公爵口述了约翰需要写的内容,虽然被允许可以按照自己的风格来写,但约翰也得大体跟着他的意思,心中也暗暗佩服这强盗高明的手法。

接下来就是费朗蒂,当他刚刚在桌前坐下拿起笔时,突然从房子后面传来了一声尖叫,把大家都吓了一跳。这尖叫并没有停止,很快,传来一连串的尖叫声,

这声音正是塔托的。公爵立即大声地回答了一声,接着从走廊上一跃而起,飞快地向着石屋的后面跑去,约翰也紧跟着他,心中和这孩子的父亲一样,充满恐惧。

另一边,托马索则握着一把短来福枪,从房子的另一侧跑了过去。费朗蒂被这突如其来的变故弄得有些晕眩,但下一刻也跟着托马索追了过去。

他们来到屋后,惊讶地发现那位看上去十分孱弱,需要人随时照顾的老女人,此时像一个强壮男子一般从花园的篱笆里冲了出来,她的臂弯里紧紧箍着正在挣扎的小塔托。

小孩还在尖声哭喊着,但这女人却凶狠地看着托马索和费朗蒂,飞快地从他们面前跑了过去,仿佛一头发狂的老虎。

"她疯了！"费朗蒂大叫道，"快，托马索，我们得跟着她。"

托马索往前跳了一步，年轻的费朗蒂离他仅有一步之遥。尽管带着塔托，那个女人也跑得很快，闪电般地爬上了一条通向崎岖悬崖的狭窄小路。

一阵怒吼突地从费朗蒂的身后传来，他停住了脚步回头一看，公爵正心急火燎地狂奔过来，他的双手高举过头顶，不停挥舞着。

"那个坑！"他叫道，"她往那个坑的方向去了。看在上帝的面子上，一定要拦住她！"

费朗蒂明白了，全力向前跑，托马索也明白了，脸色瞬间苍白了，他一边奋力往前赶，一边嘴里还诅咒着什么。虽然大家都全力奔跑着，那发了狂的伯爵夫人却似乎有着超出常人的力气，将他们一直抛在身后。

在半山腰时，这小路突然消失了，路的尽头是一个很深很深的岩洞，洞的边缘被一块巨大的井盖状的石板遮掩着。

这老女人纵身一跃，跳上了这块石板，脚下正是那可怕的石坑。她狂笑着看着这群追赶她的人，又把塔托往自己的胸前抱了抱。

看到如此举动，托马索和费朗蒂虽然已经靠得很近了，但也不得不立刻停了下来。看来，他们已经无力阻止这场悲剧了。公爵此时满心恐惧，在离他们20步左右的地方，也停住了，双手合十，无力地恳求着。

"听着，卢圭！"他的母亲用亲切的语气，高声叫着他的名字，"这孩子让我们之间有了隔阂，把你从一个男人变成了懦夫。她就是造成我们母子不和的根源。你看好了！我马上就让她消失，我们就不会有这么多问题了。"

说着，她把塔托高高举过头顶，走向了石坑边缘——这可怕的坑，深不可测，根本就看不到底。

在她将塔托举起时，托马索已经举起了他的枪。公爵见状，立刻痛苦地命令他开枪。但托马索犹豫了，不知道是在思考自己到底该效忠公爵还是公爵夫人，又或者是害怕伤到塔托，总之他停了下来，可这时机是如此宝贵，这孩子如今可是命悬一线啊！就在这千钧一发之时，费朗蒂一把抢过了这强盗手中的枪，根本也没有瞄准，胡乱开了枪。

随着枪声，响起了一声发狂的叫声。那老女人倒下了，塔托也掉在了她的脚边。一瞬间，两人都在石坑的边缘挣扎着，塔托拼命地抓住石板的一角，但老公爵夫人那笨重的身体挣扎了几秒，就从坑口消失了。

托马索赶紧跑上去，一把捞起了小孩，又慢慢地走了回来，把她放在了她爸爸的怀里。费朗蒂则眼神空洞地看着他手里拿着的武器，这枪还对着石坑的方向。他往后退了退，好像还没有弄明白自己到底做了什么。

"谢谢您，先生。"公爵哽咽地说道，"谢谢您救了我最珍贵的孩子。"

"但我杀了你母亲！"这年轻男人恐惧地叫道。

"这样你们就扯平了。"公爵说道，"她也是你的祖母。"

费朗蒂一动不动地站在那儿，他的脸有些狰狞，舌头打了结似的，一句话都说不出来。

"但他根本就没有打中祖母，"塔托说道，她靠着她父亲的胸膛，啜泣着，"我听到子弹是打到我们旁边石头上的。然后祖母就一下子瘫软了下来，这样，我才得救的，我的父亲。"

第二十二章　约翰来信

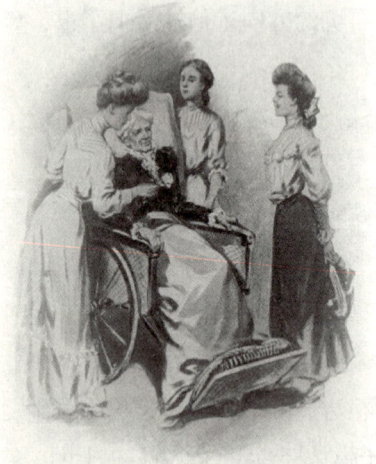

第二十二章　约翰来信

肯尼斯·福布斯不是一个寻常的男孩。他在一个冷漠、缺乏关爱和照顾的环境中长大，因此骨子里非常痛恨人们对他的轻视。他曾经一度痛恨珍妮舅妈，认为她残忍自私——这评价倒也不失偏颇——直到珍妮舅妈的侄女们教会了他如何去体贴他人，原谅他人。特别是帕琪，在他成长的岁月里，更是给了他不少慰藉。所以，两人一直都是很要好的朋友。

当他意外继承了一大笔遗产，生活的一切都变了。他从以前的孤单一人变成了一个小有身份的人。他也就不再憎恨他人，慢慢不再像之前那般粗暴无礼，也渐渐让他在意的人感觉到他也是个能给人带来快乐的小伙伴。但在生人面前，他依旧十分拘谨保守。有时，他之前那种愤世嫉俗的念头又会占据他的心智，那时，大家最好明智地避开他。

刚到陶尔米纳时，肯尼斯也曾认真找寻过约翰，他内心也十分爱这位舅舅。白天他会跟大伙儿去山里搜寻，晚上也会跟姑娘们一起讨论这失踪舅舅的命运。

但时间久了，大家都厌倦懈怠了，对约翰的搜寻也渐渐少了，最后完全搁置下来。肯尼斯在花园里支起了画板，开始悉心描绘这古老的埃特纳火山，和它山顶上皑皑的白雪以及一直从火山口喷出的灰色烟雾。

"任何人随便画都能画成这样！"帕琪评价说。但事实上，与她说的相反，这男孩画得很好，只是梅里克先生失踪这事儿多多少少让他有些分心了。

不过肯尼斯并不是最焦虑的人，而是一贯自恃冷静的沃森先生。随着时间的流逝，他越来越沮丧。他也发现当局对这案子毫无兴趣——西西里警局悄无声息，没有任何响动；意大利政府那边也是漠不关心。到陶尔米纳的游客陷入了麻烦，也确实不能怪罪政府。政府的职责在于接受游客入境，但是这些精力充沛的游客需要为自己的人身安全负责。

如果约翰再没有音讯的话，沃森先生很有可能会给华盛顿的美国国务院发电报了。他也庆幸自己耐心地多等了些日子。就在这周快要结束的时候，事情突然有了新的进展。

一天下午，当女孩们坐在树荫遮蔽的阳台上，看着肯尼斯娴熟地描画着埃特纳火山时，突然看到有个有些害羞的男孩走了过来。这是个很漂亮的西西里小男孩，有着一双漂亮的棕色眸子，面容十分精致。确定这群美国人和其他客人离得挺远时，这小孩子才走得更近了些，压低声音说道：

"我是来替梅里克先生送信的。"

这群美国人立刻蜂拥过来，将他围住了，瞬间大家问了很多问题。但这男孩往后退了退，警告道：

"如果有人偷听，先生们，这就糟了，不要让别人知道我在这儿。"

"我的舅舅还好吗？"帕琪恳求地问道。

"挺好的，小姐。"

"您有费朗蒂伯爵的消息吗？"露易丝焦急地追问着。

"哦，费朗蒂？他也好着呢。就是掉了几颗牙，但是还是能好好地吃饭。"这小孩开心地笑了笑。

"我们的朋友在哪儿，小家伙？"肯尼斯问道。

"我不能说，先生。但是这里的信可以解释所有的一切。"说着，小孩拿出了一个笨重的包裹，把这群人挨个儿打量了一番后，将这包裹给了帕琪，"你们要悄悄地看哦，小姐，然后再决定你们要怎么做。明天我会再来征求你们的答复的。对了，你们自己知道就行了，不要告诉别人。如果你们不小心的话，可是会害死梅里克先生和年轻的费朗蒂的。"

"你是谁？"贝丝问道，仔细地打量着这个孩子。

"我叫塔托，小姐。"

"你住哪儿？"

"这信里都解释得很清楚了，相信我。"

贝丝看了看帕琪，她正检查包裹。这时，所有人都走到她身旁，想要看看约翰的信。包裹上写着：

"道尔小姐，德·格拉夫小姐和梅里克小姐（收）

陶尔米纳，海边城堡酒店

由塔托亲手转交"

拆开后，里面有两封信，有一封直接写明了给露易丝。露易丝拿着那封信，跑到了一边。贝丝则从帕琪颤抖的手里，接过了约翰的信。她拆了信，大声、冷静地念出了信的内容："我亲爱的侄女们：（当然还有赛拉斯·沃森以及肯尼斯·福布斯，如果他们和你们在一起的话）你们好！你们也许一直都很好奇我到底去哪儿了。我其实是去拜访了一位以前就认识的贵族朋友，他住在一个非常舒适的地方。这个地方我想如果保持一定距离的话，应该更美丽。我的身体和精神状态都非常好，但是如果你们想要我快点回到身边，就需要帮忙付点佣金，所以，请你们一定按照我下面交代的来做。换句话说，如果你们没法帮我付这个佣金，很有可能也就再也见不到我了。

我决定以5万美元的价格，从我朋友手中买下一枚价值不菲的古董戒指。只有你们帮我完成这笔交易，我才能回到你们身边。所以，麻烦你们赶紧帮我准备好钱。下面是我的安排，我亲爱的姑娘们：请你们三个中的一个坐火车去墨西拿，在那儿给艾沙姆—马文公司发电报，请公司向驻纽约的意大利商业银行存入5万美元定金，并将交易信息返回到墨西拿支行，留信息让墨西拿支行在见到约翰·梅里克书写口令后，支付这笔钱。你们得在24小时之内完成这笔交易，记得拿上这信封里的口令，也带上信用证和护照，这些才能证明我的签名，你们才能把这笔钱提出来。钱拿到后，你们再回到陶尔米纳，把钱秘密交给塔托，他就会带我回来了。等我付了买戒指的钱后的三个小时内，我就能见到你们了。

我知道这些流程你们都没有做过，但如果你们爱我的话，请照我说的，赶紧行动。如果我没猜错，我的朋友赛拉斯·沃森应该也和你们在一起，他会帮助你们的，我想他比任何人都清楚，这么做有多么重要。

同时，我也想麻烦你们为费朗蒂伯爵做同样的事情，他将此项事务委托给了露易丝，他也买了一个价值不菲的物件，只有付清了钱，才能重回陶尔米纳。

其他消息，我就不方便透露了。这一切都不要告诉给任何人，也不要报警或者采取其他行动。请一定秘密地低调行事。我很想和你们快点见面。

深爱你们的，约翰舅舅。"

"这是什么意思？"贝丝念完信后，帕琪疑惑地问道。

"哎，我想，一切都很清楚了。"肯尼斯说道，"约翰舅舅被强盗劫持了，这佣金就是赎金。我们必须尽快筹钱，好在他那么有钱，应该不会在乎这点损失。"

贝丝此时正愤怒地看着这封信。

"我想，"帕琪犹豫着，"如果不给钱的话，我们亲爱的约翰舅舅会被强盗折磨的。"

"给他脑袋来上一击，完事。"男孩说道，"但也没什么好担心的，我们很容易就能筹到钱。"

突然，贝丝跳了起来，尖声问道：

"那个女孩呢？"

"什么女孩？"

"塔托！"

"塔托，亲爱的，那可是个男孩。"肯尼斯回答道，"而且，他早就不见了。"

"你一定是瞎了眼。"贝丝讽刺道，"你居然没发现她是个女的。还真觉得是个男的！"

"哎，他穿的是男装。"肯尼斯有些不确定地回答道。

"这样才更是可恶。"贝丝吸了口气，"我猜她跟强盗是一伙的。"

"看起来像是维克多·瓦尔迪干的。"帕琪若有所思地说道。

"难道是公爵？肯定是！我现在也明白了。帕特丽夏，就是那邪恶的公爵抓走了约翰舅舅。"

"我早就这么说过。"帕琪笑着说道。

"那他一定是个英俊的强盗。"肯尼斯说道，"因为这孩子长得很漂亮。"

"他长得一点都不好看！"贝丝回答道，"但这孩子的眼睛却让我想起了他。"

"的确如此！"帕琪附和道。

这时，露易丝也慢慢走了过来，脸颊因为惊吓过度，很是苍白。

"太可怕了!"她哀叹道,"他们要杀了费朗蒂,除非他答应给他们3万美元。"

"我都怀疑他能不能拿出30美分!"帕琪冷冷地说道。

"啊,他拿得出。"露易丝回答着,泪水涌了上来,"他、他的、他的父亲、过、过世了,给他留了……遗产。"

"不要哭了,露易丝。"男孩有些责备地说,"这样看来,你那外国朋友也是相当有钱的。但我想,恐怕你觉得这不中用的伯爵远远不止有3万美元吧。要这个价,也实在有点低了。"

"不是那样的!"露易丝说着,极力控制自己的情绪,"他说他憎恨抢劫,如果可以,他真是一个子儿都不愿意给。"

"伯爵好样的!这点我觉得不该怪他。"贝丝说道,"对于崇尚自由的美国人来说,落入这群卑鄙的西西里人手里,绝对是耻辱,还不得不拿钱来换自由!"

"这倒也是。"肯尼斯点了点头,"那你们打算怎么做?"

"自然是给钱!"帕琪没有丝毫犹豫就决定了,"就算拿全世界的钱也换不了我们亲爱的舅舅。走,我们去找沃森先生,一刻也耽搁不得了。"

律师仔细地看了约翰的信,也看了费朗蒂伯爵的信。露易丝也暗中拜托他对这年轻人的身份保密,好让伯爵以后亲自告诉她的姐妹们。

"我们唯一能做的,"沃森先生最后说道,"就是严格执行他们所写的。我们在这儿就能发电报。明天早上，露易丝和我就坐火车去墨西拿，你们就暂时在这儿等着我们拿钱回来。"

"这真是让人气氛！"贝丝叫道。

"是的，亲爱的。但我们没办法，你的舅舅也很明智地答应了。毕竟，金钱买不到生命和自由。我们的朋友如此富裕，他也不会觉得有什么损失的。"

"不是那样的，我强烈抗议！"贝丝说道，"如此容易就被抢劫，真让我觉得羞耻！"

"说实话，该感到羞耻的是意大利，不是我们。你可以抗议任何事情，亲爱的。"律师微笑着看着她，继续说道，"但是，我们还是得赶紧付钱，把这事做个了结。我们要救回你的约翰舅舅，我们想让他生龙活虎地出现在我们面前。"

"是的，这强盗也没有把他抢光。"帕琪也说道。

于是，沃森先生给约翰·梅里克的银行代理人以及费朗蒂伯爵的律师分别发了电报。第二天早上，就带着露易丝坐火车去了墨西拿。

弗拉斯卡蒂先是载着所有人去了贾尔迪尼的车站，火车开走后，正准备返回时，坐在车厢里的帕琪突然站了起来，拉了拉他的袖子。

"告诉我，弗拉斯卡蒂。"她低声说道，"那是不是公爵的孩子，就那站在角落的小家伙？"

"啊，是的，是塔托。"这车夫还没有来得及否认，就脱口而出了。

"很好，你现在载我们回家。"贝丝说道，语气中透着胜利的喜悦。

第二十三章 贝丝的计谋

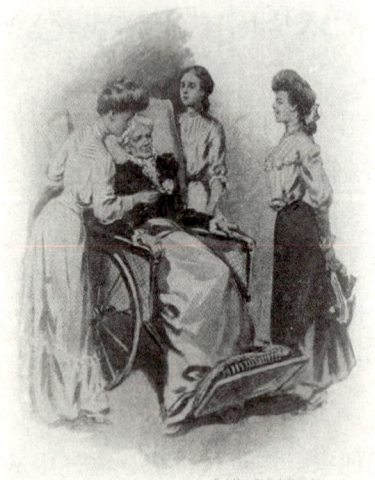

一回到客厅,贝丝、帕琪和肯尼斯立刻锁上门,聚在一起准备精密部署一下贝丝刚才在马车上说的计划。当他们正低声商议时,突然响起一阵敲门声,把他们吓了一跳。当肯尼斯开了门,发现来者居然是塔托时,他们看起来仿佛是做错事,被当场逮了个正着。

这孩子精致的小脸上带着笑容,脸上露出一丝满意的神情。她恭敬地向这群美国人鞠了一躬。

肯尼斯此时站在塔托的身后,朝着贝丝使了个眼色,说道:

"既然你们有客人,"他有些无礼地伸了伸懒腰,"我就回房去睡了。"

"什么?你这懒骨头,这么早就睡了?"帕琪也默契地接着话。

"亲爱的,对于一个拼命工作的艺术家来说,任何时候都能睡着。Au revoir(法语:再见),表妹们,午饭见。"

说着,他踱着步子走了。他一走,贝丝就对塔托说道:

"您不坐吗,小姐?"

"您是叫我吗?"这小孩惊讶地问道。

"当然,我一眼就看出您是个女孩儿了。"

"而且还是个漂亮的小美人儿,亲爱的。"帕琪附和道。

塔托的脸一下子就红了,有些难为情,不过她立刻笑着望着这对姐妹花。

"那你们会觉得我是骗子吗?"她有些担心地问道。

"当然不了,亲爱的。"贝丝向她保证着,"我想您穿男装是有不得已的原因的。"

"是的,小姐。我住在山里,穿裙子会被岩石钩住的。我父亲也一直遗憾没有儿子,所以我这样穿,也能给他一点安慰。而且我还得替他办差事,男孩子没女孩子那么引人注目。当然,来找你们也是我的差事之一,小姐。所以如果可以的话,您能告诉我,看完梅里克先生和费朗蒂先生的信后,你们打算怎么做呢?"

"塔托,我们没得选,只能照做。"贝丝冷静地回答道,"我们已经让沃森先生和露易丝·梅里克去墨西拿取钱了。如果我们在美国的朋友动作够快的话,沃森先生和露易丝就能带着钱,坐明天下午那趟火车回来了。"

"这样最好了,小姐。"塔托回答道。

"我想,我们是要把钱给你吗?"帕琪问道。

"是的,我明天下午就来。"这小孩回答着,语气中带着谈生意的严肃。接着,她认真地看着这两姐妹,说道:"你们要当心,不要告诉任何不相关的人,也不要做出什么会让你们舅舅受苦的事来。"

"当然不会,塔托。"

"但愿不会,小姐。你们的舅舅是个好人,而且很勇敢,我也不希望他受到伤害。"

"我们自然不会害他,塔托。"

"那个年轻人也不是懦夫,他对我很照顾,但他很悲伤,跟约翰舅舅一样,不大愿意讲话。"

"是的,塔托。"贝丝答道。

帕琪则一直很好奇地观察着这小东西。她虽然还小,却很可爱，举止也很优雅。声音听起来也很柔和，充满女人味，让帕琪忍不住想要把她抱入怀中。

"你多大了，亲爱的？"她问道。

塔托看着她友善的脸，粲然一笑，"我可能跟您一般大小，小姐，虽然我看起来很小。再一个月，我就15了。"

"都这么大了啊！"

塔托欢快地笑了，说道："啊，您也许该说，还这么小啊！amico mia（意大利语：我的朋友）！长大是件好事呢，您说呢？这样，我就不会看起来还这么小了。即使我挡了道，人们也不会像责备小孩儿那样说我了。"

"当你长大了，就不能再穿男装了呀！"

塔托叹了口气，说道：

"在西西里岛，我们有个说法，'阳光雨露是一年'，就是说祸福相依。"她回答道，"也许，有时候我就是想了太多不开心的事情，却忽视了开心的事情，即使我知道这样不好。我不会一直都是个山野间的小孩，有一天，我也会穿上女孩们穿的纱裙。我会更喜欢那个样子吗？我不知道。不过我现在必须走了，不能再和你们闲聊了。再见，小姐们，明天见。"

"你不再陪陪我们吗？"

"哦，不了，虽然你们人都很好，但我也得回家了。我明天会来拿钱。你们会保守秘密吧？"

"当然，塔托。"

塔托冲着她们开心地笑了，能遇到两个温柔的姑娘，确实比之前遇到的冷酷凶恶的男人们要好多了。她在门前给了她们一个飞吻，就匆忙离开了。

院子里的弗拉斯卡蒂看到这小人儿溜了出来，立刻谨慎地别过了头。

塔托沿着原路返回，先是顺着戏院走了一会儿，又穿过城中狭窄弯弯曲曲的小路，最后来到了卡塔尼亚门。她偶尔会转身看看，确定没人注意到她，再往前走。村民们看到她，也会立刻让出道来。

走在主道上的时候，塔托也陷入了沉思。她成功地完成了使命，本不需要多做考虑，但那甜美的美国姑娘们却在她心里挥之不去。她想要她们那漂亮的礼服和彩带，也想要和她们一样有那么清新标致的脸庞，还想和她们一样温柔优雅。

塔托谈不上温柔，她骨子里狂野、自由，有股男孩子气，而且她也没有漂亮的小礼服，但那又如何呢？她必须帮助父亲拿到钱。父亲承诺以后要带她去巴黎或是开罗，不再做强盗了，从此幸福地生活。

她觉得那就是她希望的生活。攀登在这陡峭的山路上，她甚至想到，也许她还会和这些美国姑娘们重逢，或是遇到些跟她们相仿的女孩，跟她们成为朋友，她现在一个女性朋友都没有。

这些幻想在昨天看来都只是一场梦，但是现在，她那固执的老祖母已经过世了，爸爸很快就能实现他的承诺了。老公爵夫人在世的时候，统领着一切，是强盗们的主心骨。现在父亲接手了，他不会再拒绝给她想要的生活了。

塔托满腹思绪，肯尼斯则悄悄跟在她身后。虽然不擅长跟踪，但他也没有跟丢，更没有让塔托察觉到。他从姑娘们的房间出来后，就藏身在卡塔尼亚门附近。他知道这是塔托的必经之路。幸运的是，塔托一直沉浸在自己的世界中，一路都没怎么回头。

当她最后走到了山路尽头,靠着石头,哼起了那段"芝麻开门"一般的小调,山门打开了,塔托走了进去,不见了。肯尼斯隐秘地藏在一个附近的大石头后面,亲眼看着她走了进去,门又关上了。

肯尼斯立刻尝试爬上石壁。他匍匐攀爬着,爬得越来越高,终于爬到了一个很高的山脊上,便朝山里望了过去。

那隐匿的山谷瞬间毫无遮拦地出现在他的眼前,真是幽美异常。想到脚下是百尺来的深渊,他颤栗着退了回去,顿了顿,又鼓起勇气往下瞧了瞧,他看到了那个石房子,也看到了门廊处,塔托正在和一个高大黝黑的西西里人认真地讲着什么,但四处都没有看到约翰的身影。这男孩心里清楚,舅舅一定在这儿。他也瞬间意识到,在这如此封闭的地方,想要逃出去真的是完全不可能的。

了解到这一点后,他开始慢慢往下爬,不过下来可比刚才上去的时候麻烦多了。虽然有好几次都身处险境,但他始终保持着敏捷的身手和清醒的头脑,终于费尽周折重新回到了刚才那条通往神秘开山之道的小路上。

他立马在这个地方做了标记,方便找回来。他慢慢地沿着山路返回,用心记住了每次转弯和每个岔口,直到完全确定自己认清了路。

第二十四章 帕琪的新朋友

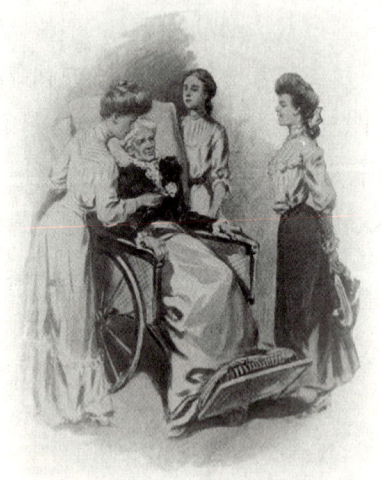

第二十四章 帕琪的新朋友

"我必须得说,我非常不喜欢如此这般。"第二天早上,帕琪坐在窗边,向贝丝和肯尼斯抱怨道,"万一我们失败了呢?"

"在你年轻人生的字典里……"

"闭嘴,肯。如果我们失败了,"贝丝说道,"我们也不会比以前糟到哪儿去。"

"但是,如果我们成了,"肯尼说道,"那他们以后再想劫持美国人的时候,就得好好想想清楚了。"

"不论怎么样,我都支持你。"帕琪说道,"虽然确实很冒险,但是就像你说的,就算我们失败了,情况也不会太糟。"

贝丝大声宣布道:"帕琪,你必须是这次特别行动的队长!"

"可别指望我,亲爱的。这事是你策划的,肯和我都听你指挥。"

"不行。"贝丝坚决地说道,"不管是思考还是行动,我都不够敏捷。帕琪,必须由你来当这个队长。而且这计划要成功,还需要说点谎,我肯定搞不定的。塔托那小家伙可机灵着呢,我做的话,她一定立马就能察觉到。但是她却一点都不会怀疑你。"

"谢谢夸奖。"帕琪回答道,"可能我确实更合适吧,但我却觉得露易丝更合适。"

"我们不能拉她进来,"男孩抗议道,"她只会毁了一切。"

"不要犯傻了,帕琪。"贝丝说道,"你很坦率、真诚,昨天我就发现那个孩子喜欢你。你只需要对她好点,取得她的信任,然后,在紧要关头,说清楚我们的目的就好了。你肯定能做好的。"

"我也看好你。"肯尼斯大叫道,一脸钦慕地看着女孩。

"这样的话,"帕琪说道,"我就恭敬不如从命,做这个队长吧!但是,咱们可得说好了,我们都不能向沃森先生或是露易丝透露半句。"

"绝不透露。"

"看,"肯尼斯说道,从口袋里掏出了一支手枪,"这是约翰舅舅的,我在他房间里就找到了这支,所以,另一支一定在他身上。小心点儿,帕琪,手枪可是上了膛的。你会射击吗?"

"不会,但我知道如何扣动扳机。"

"当你开枪的时候,记得一定不能对着你的朋友。现在把它藏起来,亲爱的,小心些。"

帕琪把这武器藏在了怀中,脸色有些凝重,身形也晃动了一下。

"你的手枪准备好了吗,贝丝?"男孩转而问道。

"当然。"

"她枪法很好!"帕琪赞叹道,"昨天她就一枪打下了一个橘子,你真该瞧瞧。"

"我知道,"肯点头说道,"我以前就看过她射击,她可是我们这队伍里的灵魂人物啊。像我这样的,有时候能打中,有时候却不能,瞧瞧这儿。"他从自己的口袋里,拿出了一把镶有珍珠很是精致的银边手枪,"我和沃森先生自从到了西西里岛就一直带着手枪,就是一直都没有用过。到现在,我都不敢相信,这如此美丽的地方竟然还有强盗,也算给我们平淡的生活增加了些冒险色彩。好了,小姐们,我们现在可是全副武装,完全能消灭一支军队了,是吧,帕琪队长。"

"如果你胆敢对我不敬,"这姑娘说道,"我会将你交由军事法庭,把你驱逐出队的。"三个孩子互相打趣道。

下午的时候,沃森先生和露易丝就坐着火车,从墨西拿取钱回来了。美国那边的代理人很快做出了回应,银行也丝毫没耽搁,他们轻松地拿到了现金。

"钱都在我包里,很安全。"大家一起坐车回酒店途中,沃森先生说道,"我们的朋友也已经没有危险了,挺沉的,肯尼斯——40万里拉——都是意大利银行发行的纸币,因为我们拿不动金子。"

"这也够那些强盗拿了。"肯尼斯若有所思地说道。

"是的,但我觉得,这钱能换回两条命,也就不算多了。既然我们的朋友们能承担这点小损失,我们也该感到庆幸,不然肯定就是个悲剧了。"

露易丝情不自禁颤抖了一下,她有些感慨:"真高兴这一切快结束了。"

而另外三个有"特殊行动"的孩子却互相看了看,笑了笑,尽量保持镇静。

到了酒店,贝丝和肯尼斯就离开了,说是既然不需要他们帮忙,就去城里逛一下。帕琪陪着自己的表姐和律师坐在客厅里。不一会儿,塔托就来了。

"来吧,小家伙,"律师开心地说道,"我们已经准备了足够的钱,可以支付梅里克先生买下的戒指,和那个——嗯——费朗蒂伯爵的镯子了。你要数一下吗?"

"当然,先生!有劳。"塔托严肃地回答道。

沃森先生拿出了两包纸币,将它们放到了桌子上。这孩子自然知道这个时候不能马虎,立刻将包裹的纸拆开,一叠叠认真地数了起来。

"先生,数目是对的。"她说道,"谢谢您让我轻松完成了任务。那我现在走了。"

律师又拿了些报纸过来,把钱又包了起来,说道:"带这么多钱,总是很危险的。"他接着说,"这样就不会有人怀疑你这包裹里装的是钱了。"

塔托笑了,说道:"没人敢招惹我,"她顿了顿,"因为他们害怕那些暗中保护我的人。下午愉快,先生。您的朋友们将在晚饭时间和你们相聚。下午愉快,小姐。"她接着向帕琪和露易丝道别。

"我可以送送您吗?"帕琪笑着,看着塔托那双美丽的眼睛。

"当然,小姐。"塔托脱口而出。

帕琪拿起一把遮阳伞,跟着塔托从侧门走了出来。这侧门平时很少使用,她们穿过侧门后,就到了老街上。两人并肩走着。帕琪开心地聊着当地的一些景观:墓穴、诺曼人的别墅和隐在树荫中的方格塔以及镶边的古老城墙。

"我很喜欢陶尔米纳。"帕琪认真地说道,"想到要离开这里让我很遗憾。塔托,你能够在这里一直生活,一定很开心吧?"

"我虽然在这儿出生,"她说,"但我一直想离开这里，去看看别的地方。他们都说这里风景很美，但我已经厌倦了。这里空气甜美清新，却让我很压抑。这里气候宜人，却让我觉得太过乏味。其他地方充满了新奇，有许多西西里岛没有的东西。"

"这倒是真的，"帕琪说道，满是爱怜地挽住了小家伙的手臂。"我了解你的感受，塔托。以后你得到美国来，来看看我。我真的很欢迎你来，亲爱的，我们一定能成为好朋友的。"

这孩子认真地看着她的脸。

"你不恨我吗？小姐，因为、因为……"

"因为什么呢？"

"因为我们对你们做的事情，实在是如此不耻……如此不……不……不友好？"

"啊，塔托，你没有选择这样的生活，是吧？"

"没有，小姐。"

"你也是被迫的，是吧？"

"是的，小姐。"

"我知道，如果你真的喜欢做一个小强盗，你肯定不会如此渴望改变你现在的生活。但是，我们的友谊不会被任何事物破坏的，亲爱的。如果我是你的话，也会做一样的事情，虽然这不是诚实的生活方式，也不值得骄傲自豪，但是，我却一点儿都不怪你。"

此时，他们已经走到了卡塔尼亚门，走到山路前。塔托停了下来，有些犹豫。

"啊，我就再陪你多走一小段路，"帕琪立刻说道，"没人会注意到两个小女孩的。要我帮你拿下这包裹吗？"

"不用了。"塔托回答道，赶紧用空着的那只手，把包裹抱得更紧了，但并没有反对帕琪跟在她身边。

"塔托，你有其他兄弟姐妹吗？"

"没有，小姐。"

"有妈妈吗？"

"没有，小姐。我和爸爸住在一起。"

"我跟他挺熟的，塔托。我们曾经一起坐船横跨大海。他脾气不怎么好，也不怎么合群，但我还是让他不得不跟我说话，他还对我笑了。"

"我知道，他曾经对我说起过您，帕琪小姐。他很喜欢你。"

"但他还是对我舅舅下手。"

这孩子瞬间脸红了，赶紧挣脱了帕琪刚才牵着她的手。

"就是这样，就是因为这样，您才应该恨我。"她苦涩地说道，"我知道这是抢劫，虽然我父亲总说，这是他倒卖古董的生意。也正因为如此，我之前也没有觉得我们有任何不对的地方。可是，小姐，您让我对自己感到很羞耻。"

"为什么呢，亲爱的？"

"因为您人又好又温柔，还如此宽恕我们。"

帕琪大笑起来，说道："事实上，塔托，我还是很生气，也没有原谅你们。你很快就会知道了，我只是个普通女孩，没有你想的那么神圣。很快，你就不会感到羞耻了。但是，你父亲的这些勾当也真是够无耻的。"

塔托听着觉得非常迷惑，也不知道该怎么回答。而此时，她们也走到了山路尽头，塔托说道：

"您必须回去了，帕琪小姐。"

"我为什么不能和你一起去把我舅舅接回来?"

塔托犹豫了,她一直善于演戏骗人,是她父亲引诱"猎物"的棋子。但帕琪对她的友好,却瞬间让她的心柔软下来。她并非完全相信这位温柔的美国小姐,但想想自己也已经拿到了赎金,帕琪的请求也算不上突兀了。

"如果您坚持,"她说道,"您可以随我走到前面那个屏障处,然后在那儿等您的舅舅,离的也不远了。"

"非常好,亲爱的。"

塔托翻过了挡在路中央的巨石,跳到了巨石背面的路上,帕琪也轻巧地跟了上去。没过多久,她们就走到了石壁前。

"就是这儿了,小姐。请您在这个石头上坐着等一下,您的舅舅很快就会出来的。"她看上去似乎有些犹豫,又柔声地问了问,"我也许不会再见到您了,但您不会忘了我吧?"

"当然不会的,塔托。如果你以后去美国,一定要来找我。记住,不管发生什么,我们都是朋友,我们将一直都是朋友。"

这孩子满是感激地点了点头,靠着峭壁,高声唱起了和父亲约定的那首柔和的小调。

第二十五章 扭转局势

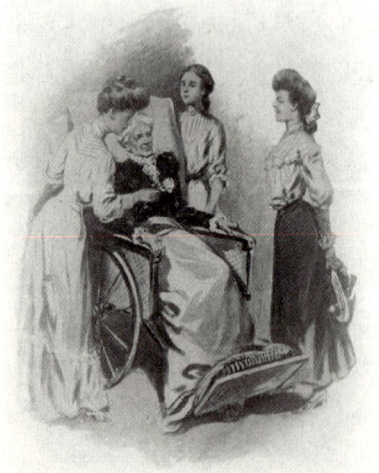

第二十五章　扭转局势

　　塔托还没有唱完，肯尼斯就从隐藏的石头后面跳了出来，伸出强有力的手臂，牢牢抓住了塔托，并试图捂住她的嘴，不让她叫出声来。

　　塔托昨天才被她那疯癫的祖母挟持过，尚且惊恐未定，现在又被抓住了，一时间，也不知道从哪儿来了一股惊人的力气，奋力地挣扎着。男孩很快就觉得有些抓不住了，便立刻用双手抱住了她，不理会她的高声尖叫。接着，他带着她爬到了一个斜坡上，又跳到了一个宽阔的石板上。此时他们已经离刚才的小路足有20尺以上的距离了。他停了下来，喘了口气，静静等待着。

　　这时，石门打开了。在肯尼斯和盗贼女儿较劲时，帕琪透过放下的石门，看到了隐秘的山谷。塔托在挣扎中，丢掉了装钱的包裹。当肯尼斯带着她往上爬到石板时，帕琪立刻跑上去把钱捡走了，又飞快跑回来，面朝通道站好。

　　这时，传来一阵喊叫声和急促的脚步声。很快，公爵从通道中跑了出来，另外两个强盗紧随其后。他们在山门入口处停了下来，看起来有些疑惑。但当公爵看到自己的孩子正被一个陌生人抓着，还发出声声尖叫时，公爵发出了一声愤怒的咆哮，想要立马冲上去救自己的孩子。

　　这时，帕琪神勇出场了，她飞快地用手枪指着这强盗头子，厉声警告道：

　　"别动，否则，你就死定了。"

　　这招确实具有相当大的震慑作用，公爵往后退了退，皱了皱眉，他现在身上没有任何武器。他慢慢地靠在了山谷入口处的石壁上,朝四周看了看,确定了自己敌人的数目,心里盘算着干掉他们的可能性。

肯尼斯孩子气地嘲笑着公爵的狼狈样。他顺势往下蹲了蹲,双手抓住塔托,把她朝着石板边缘处挪了挪,这样,她的双脚只能碰到石板的一点边缘了。他依旧紧紧抓住她的手腕,但塔托半悬在空中,面前便是群山和近在咫尺的山路,她很害怕,却没法动弹。

看到这一幕,公爵怒气冲冲地看向帕琪。帕琪此时全神贯注地举着枪,蓝眸里闪耀着不能自已的激动。她不敢随意扳动扳机,她知道自己轻轻一动,就会让这强盗当场毙命。

公爵侧了侧身,看到了他的第三个敌人。她坐在肯尼斯后面的石头上,神情自若,下巴正轻轻地放在左手上。这正是贝丝,她面无表情地举着手枪,镇定自若地关注着下面的动静。

公爵清了清嗓子,他的手下立刻撤到了他身后,他们没有说话也没有任何动作,自然也是不愿看到自己的头儿陷入这样的危险中。

"告诉我,塔托。"他用英语大声喊道,"怎么会这样?"

"我不知道,父亲,这些梅里克先生的朋友们肯定跟踪了我。"

按照先前计划,这时帕琪应该出来说几句,但是她显然忘了。

"我来说。"贝丝冷冷地说道,"你居然敢囚禁梅里克先生和费朗蒂伯爵,还让他们交赎金换取自由。这就是抢劫,这在西西里岛的法律中都是不允许的。之前我们报了警,但他们说没法帮助我们。所以,既然我们是美国人,我们就决定自己帮自己。我命令你现在立刻把我们的朋友们毫发无损地交出来,不要做任何无用的挣扎和拖延。"

听完贝丝的话,公爵很是嘲讽:"那如果我们拒绝呢,小姐?"

"如果你们拒绝——或者你们不立刻照办——我保证会先杀了你的孩子,塔托,她可是在我们手中。然后,再杀了你。"

说着,她举起了手枪,瞄准了塔托。

这强盗瞬间脸都变白了,赶紧扶住了身边的石头,让自己镇定下来。

"哼,那么远,你是射不中的。"他嘲讽道。

"确实!小心你的手指。"贝丝叫道,一声尖锐的枪响顺着山那边传了过来。

这强盗跳了起来,咒骂道,同时,握紧了右手——贝丝真的打中了他的一只手指。他赶紧靠在了墙上。

这样一来,至少对公爵来说,已经没有什么能讨价还价的必要了,他也充分相信,那怒目圆睁的女孩确实会开枪,不是在开玩笑。他这一生,都为恐惧所困扰。现在,却突然做了一个之前都没法承受的决定。

"够了!"他叫道,"就照你说的去做。"

他用意大利语和手下说了几句,那两人赶紧匆忙跑进了通道中。

他们的离开让整个场面暂时出现了短暂的平静,但每个人都不敢掉以轻心。突然,仍旧悬在峭壁上的塔托却柔声说道:

"父亲,如果您能逃走,就跑吧。他们即使打死我,您都不要放了他们的朋友。我已经把他们的赎金带到这儿了,他们也只能给您钱,才能赎回他们的朋友。不要让这些可恶的美国人打败我们,求您了,我不害怕,您照顾好自己,要是他们想打死我,就来吧!"

肯尼斯事后也说,当时他也觉得糟了,要露馅了。因为他们本来也就没有打算伤害塔托,这只是美国人的"警告",但确实很成功,因为这强盗是个懦夫,不会有他女儿这般的勇气。

"不,不要,塔托!"公爵断断续续叫着,烦躁地拧着双手,"钱还能再去赚,但我只有你一个孩子。有我在,他们不会伤害你一根头发的,我亲爱的孩子!"

帕琪真想称赞他一声好样儿的,但却生生地忍住了,她的眼睛充满了泪水,内心也有了些动摇。

好在,那两个下属很快就回来了,他们将两个显然还处于震惊中的"囚犯"推在了前面。

当走出通道,约翰看到这眼前的惨状,不禁有些气喘,而他旁边的费朗蒂伯爵虽是震惊,却倒也显得镇静,他很有礼貌地朝着帕琪和贝丝脱帽行李,嘴角露出深深的赞许。

"好,我宣布,"公爵高声说道,"你们自由了!"然后又恶狠狠地说道,"走!"

这两人立刻就从强盗堆里跑了出来,肯尼斯也温柔地将塔托放在了一块平地上,接着又帮她爬下了山。

"再见了,小家伙。"他开心地说着,"你就是我们国家常说的'小甜心',我喜欢你,也为你骄傲。"

塔托一言不发,她眼里含着泪水,心疼地看着父亲受伤的手。当她看见父亲脚下的石头上有滴落的血迹时,忍不住低声地抽泣起来。

"退回去!"贝丝尖厉地说道,"关上你们的石门。立刻,马上!"

这"神枪手"女孩依旧把玩着手里的枪,让这些强盗不得不屈服。山门轰然关闭了,只剩下了这群美国人。

贝丝慢慢地走了下来,帕琪正激动地拥抱着约翰,费朗蒂伯爵则和肯尼斯握着手,脸上满是感激之情。

"走,"贝丝的声音听起来很虚弱,"我们离开这儿吧。这是场漂亮的战斗,但是,我还是觉得回家更安全一些。钱在哪儿?"

"我拿着呢!"肯尼斯说着,举起了一个包裹。

"什么!你们没有付钱吗?"约翰震惊地问道。

"当然没有,亲爱的,"帕琪高兴地说道,"您不会认为您的侄女们会让您被这群外国佬给抢了吧?"

费朗蒂这时托住了身形晃荡的贝丝。

"看看你的表妹,"他疾声说道,"我想她晕过去了。"

第二十六章 表明身份

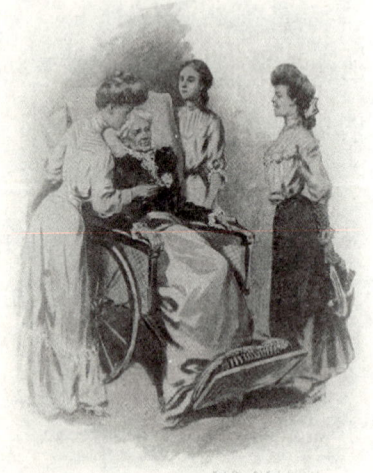

"现在，"约翰坐在舒适的客厅中，抽着烟斗，双脚放在一个板凳上，"你们也该交代下你们做的事情了，你们这些小强盗。"

此时，他们已经在海边城堡酒店舒心地吃过了晚饭。这两位的平安回归也让酒店上下都非常高兴。服务生领班满脸胡须，看起来像是玩偶盒里的小人，在他们到来之前就准备好了上好的美食，以示欢迎和庆贺。尽管酒店并不敢因为保护客人而去得罪公爵，但其实他们很清楚这样的强盗行为是不利于陶尔米纳旅游发展的，他们当然希望这样的"小意外"不要被更多的人知道。

老赛拉斯·沃森，这位德高望重的律师，在看到他的老朋友平安无事地回来后，也兴奋地跳起了角笛舞。在听过肯尼斯和两个姑娘如此莽撞却又成功的冒险后，他也颇有些责备地摇头。

贝丝很快恢复了精神，尽管肯尼斯一直坚持让她把武器随身带着，她却一言不发，好像若有所思，甚至连晚饭也没有动过。

大家在客厅讨论了很久，律师认为应该好好教育一下这些年轻人。

"这钱根本不值得你们如此冒险，你们这些小疯子。"他说道。

"这不是钱的问题。"帕琪不服气地说道。

"那是什么问题？"

"这是做事的原则问题。您看，贝丝不是很厉害吗？"

"哦？"肯尼斯表示些怀疑，"她都晕过去了，还因为她伤了那强盗头子的手指头，就像个傻瓜一样一路哭着回来！"

贝丝的眼睛还红肿着，面对男孩的嘲讽，她沉重地回答道：

"我很抱歉，我开了枪。此生我都不会再摸枪了。"

约翰紧紧地抱住了自己的侄女，说道："我为你感到骄傲，亲爱的。"他慈爱地揉了揉她的头发，"你不要把这浑小子的话放在心上。我一直都知道你很勇敢，贝丝，现在你证明了这点。虽然有些事情很残酷，但正如沃森先生说的，你试着以大人的方式去处理这件事情，挽回了我们的尊严，也拿回了我们的钱。"

"贝丝好样的！"肯尼斯又开始喝彩，丝毫没有意识到上一秒他还在嘲讽她。

"闭嘴，不然我拧掉你的耳朵。"他的监护人沃森先生严厉地说道。

约翰和年轻的费朗蒂是当晚的主角。这位上了年纪的老绅士抽着大雪茄，看着她的侄女们和朋友们，心满意足地笑着。而费朗蒂则一直闷闷地，沉默地坐在露易丝旁边，直到梅里克先生突然话锋一转，将话题转向了他。

"我对这年轻人，倒是还有一点不满。"他缓缓说道，"您竟然一直隐瞒了自己的身份。我想，一个体面的年轻人甘愿去做一个骗子，一定事出有因。我现在就想听听费朗蒂伯爵——也不管这是不是他的名字——跟我们讲讲这一路上，为什么要瞒着我们。"

费朗蒂鞠了一躬，严肃地看向在座的各位。

"您说的一切，我们都不会向外泄露半句的。"约翰显然明白了他的意思。

"也许您是对的，梅里克先生，在座的各位有权知道真相。"这个年轻人缓缓地回答道，"我也许很蠢，但是我相信我没有做过什么不光彩的事情。不过，现在也没有继续掩饰的必要了。我也希望你们听完我的解释后能尽可能体谅我。"

所有人都集中精力，神情柔和地看着这个少年。对他们来说，他一直是个谜。不过可能对露易丝是个例外。

"我是美国人，我真名叫亚瑟·威尔登。"

说完，他顿了一下，约翰轻轻地吹了个口哨，而帕琪则冲着有些气愤的露易丝笑了。

"很多年前，"这年轻人继续道，"我的爸爸，也很有钱，到这西西里岛来旅游——这点我也是最近才知道的。然后也被强盗劫持了，关在了我们刚刚离开的那座山谷中。在那儿，他意外地爱上了一个美丽的女子。这女子正是女强盗亚加达公爵夫人的女儿。她暗中帮助我父亲逃走，后来嫁给了他。本来这是一场感人的姻缘，但当我父亲带着新娘回到纽约后，他就完全沉浸在自己的事业中了，对我母亲的爱也越来越少。甚至最后，他开始对自己的妻子暴力相向。虽然他很快成了铁路负责人，累积了巨大的财富，但在婚姻上，他却不如在事业上那么成功，一直也不是个好丈夫。最后，这位西西里姑娘，也就是我的母亲，在遭受了多年的折磨和打击后，抛弃了他和他们年仅3岁的孩子，回到了自己的国家。坦白说，有人说我母亲当时是因为头脑已经不正常了，不然她不会把我留给心中一点爱都没有的父亲。但我却觉得，她是恨极了我的父亲，所以连我也一块儿恨上了。或者是她害怕自己对我的爱会让她那可怕的母亲杀了我。母亲的逃走没有对父亲产生任何影响，他对我甚至更加严厉和专制了。他很少来看我，连我念书的事情都交给了仆人来打理，所以一直没有人疼爱过我，也没有人关心过我。时间一到，我便立刻被送进了大学。这时，父亲开始给我很多零用钱，在我大学毕业的时候，他把我叫进了他的办公室，命令我到他公司来上班。我拒绝了，我不喜欢，而且早就对未来有了其他打算，但他却非常固执，也非常专制。我继续反抗，他就威胁要和我断绝关系，把他巨大的财富捐赠给慈善机构，因为他也没有什么亲戚了。他后来一定是重新想了想，才决定给我一年的时间，让我自己决定到底是要做一个身无分文的乞丐还是一个万贯家财的继承者。

也就是在那年，我认识了您的侄女，梅里克小姐，我非常爱她，露易丝也同样爱我。但是她的妈妈，听到了我和我父亲吵架，便拒绝让她女儿和我订婚，除非我答应继承家产。这样，我就没法到露易丝的家里去了，但是我们还可以在别的地方见面。当我得知她要跟您一起去欧洲时，先生，想着您从没有见过我，我们便想了这么一个自以为简单有效的方案，免得面对如此长久的分离。于是，我也决定跟着去欧洲。不管露易丝在哪里，我都会设法和你们相遇，装作在追求露易丝的样子。所以我跟着你们，乘船到了索伦托，再和你们相遇。为了避开您和其他小姐的怀疑，我自称费朗蒂伯爵——这个名字是我和露易丝定的，本打算回美国之前一直都用这个身份。

剩下的事情，您都知道了。我父亲在自己的铁路上出了事故，去世了。这消息也是我被强盗绑架时才知道的。更巧的是，这强盗头子是我的舅舅，但他却对我没有任何怜悯。今天，我回到这儿的时候，收到我父亲律师寄过来的信，是我们巴黎的银行经理转发的,因为我爸爸突然过世,我已经继承了他所有的财产,他显然还没有来得及更改遗嘱。因此,我和梅里克小姐之间的阻碍也被清除了,其实一直以来,露易丝也没有在意过我是否有钱。"

他停了下来,也不知道还该说些什么。在座各位也是一言不发。年轻的威尔登,却有些忐忑了,他在自己位子上局促了一会儿,突然向约翰说道:

"先生,您现在正是这位年轻小姐的监护人,因此我恳求您能答应我们订婚。"

"不行。"约翰断然拒绝了,"这场旅行中,我不会答应任何孩子的订婚。您错了,我不是露易丝的监护人——我只是她的朋友和大伯。这不是儿戏——您要娶的女孩儿才16岁,您也该慎重点儿才是!您也不过才20出头。反正,只要露易丝还归我管,我就不会同意任何订婚的。您得等到我们回家后,跟她妈妈商量才行。"

"先生,您说的极是。"沃森先生郑重地点了点头。

露易丝的脸红透了。"大伯,那您还要赶他走吗?"她问道。

"我为什么要赶他走,亲爱的?难道你们俩把我当成老糊涂了,又想骗我?这孩子可以留下,如果他愿意的话。但他不许再提订婚的事情,以后也绝不能再骗我——否则,我会很快带你回去。"

这年轻人看似有些不服气。"先生,欺骗您真是情非得已。"他说道,"您别忘了那句老话'爱情和战争中的一切都是合理的'。但我更希望您能原谅我们,不要再计较我们之前犯的错,如果您觉得这是个错误的话。以后,我们一定会向您祖露一切的。"

他这番话让约翰的怒火消了一大半,效果当然显而易见。

"非常好,"年迈的绅士说道,"如果你是个正直听话的孩子,我也不会反对你和我们在一起。我挺喜欢你的,亚瑟·威尔登。而你之所以会犯错,也是因为你太过年轻。不过,你现在继承了这么一笔丰厚的遗产,是个有身份的人了,但是你也别以为,只要有钱就可以娶到所有漂亮的姑娘。你对露易丝的感情,可能只是初恋,毕竟……"

"啊,舅舅!"大家齐声抗议道。

"怎么,你们这群坏蛋!你们是要纵容他们这样胡闹下去吗?"

"约翰舅舅,您太严厉了!"帕琪笑着说,"您的问题就在于您从来没有谈过恋爱。"

"从没谈过恋爱!"他看着这三个女孩儿,她们圆圆的脸上都挂满了笑容。

"所以您是嫉妒,"肯尼斯也帮腔着,"给这对可怜的小人儿一个机会吧,约翰舅舅。"

"好吧,我就给你们一个机会。亚瑟,我的小伙计,加入我们幸福的家庭吧,你也是我的孩子,你应该爱我们大家——而不是特别只爱谁,嗯,至少坚持到我们回家之前,知道吧?我们是来享受生活的,现在我们的队伍又壮大了——是吧,姑娘们?"

"是的,约翰舅舅。"大家又欢呼起来。

"那你觉得如何,亚瑟·威尔登?"

"先生,也许您是对的。"这年轻人回答道,"不管怎么说，我都很感激您对我的善意，但是再过一两周，我就得启程回家了，因为有些事情需要我亲自打理。但是，只要和你们还在一起，我就会照您说的，注意自己的行为举止。"

"很不错，露易丝，这样你满意吗？"

"满意的，大伯。"

"那好，我们暂时就处理好了你们感情的事情。现在，亲爱的，我想我们也受够了陶尔米纳了。接下来我们去哪儿？"

第二十七章　收养塔拉

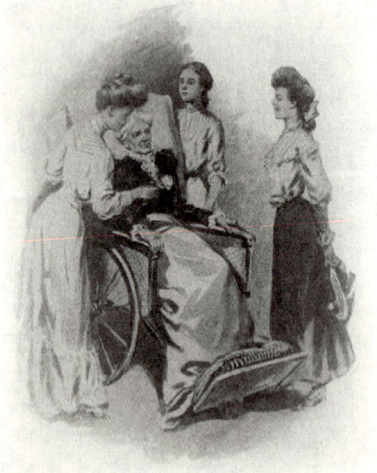

大家开始七嘴八舌地讨论起接下来去哪里玩儿的事。约翰提议去罗马和威尼斯,再从那儿借道去巴黎。姑娘们也觉得这样挺不错的,她们相信一定会玩得很开心。但是沃森先生则强烈推荐去锡拉库扎。显然他们都不太可能再回到西西里岛,但锡拉库扎,这座以历史古迹闻名于世的城市,距离陶尔米纳仅有几小时的路程。最后,他们决定先去锡拉库扎玩一周,再回到欧洲大陆。这样,大伙儿又开始着手准备新的旅程了。

肯尼斯请求再在陶尔米纳待一天,好让他完成那幅埃特纳风景画,大家自然也同意了。约翰坦白道,一想到自己之前的冒险,继续待在这个地方总让他觉得不安。沃森先生因此劝告大家不要远离酒店,因为谁都不知道公爵是否会对他们进行报复。

然而,就在第二天下午,公爵却亲自登门拜访,这让大伙儿都始料未及。他依旧穿着之前那套褪了色的天鹅绒大衣,被一个非常漂亮的女孩儿搀扶着,慢慢地走了进来。

姑娘们看着这孩子都吃了一惊,这女孩儿正是塔托。她穿着不太合身的灰布袍子,质地看上去就很粗糙。但她的天生丽质,是任何粗布麻衣都无法掩盖的。她垂着眼睑,脸上愁云密布,谦卑地站在他们面前。帕琪却兴高采烈地抓住了她的手,亲了亲她的脸颊。

"小东西,你这可爱的小东西!"她叫道,"真高兴,又见到了你,亲爱的塔托!"

公爵严厉的表情有些动容,他重重地叹了口气,接受了约翰的邀请,坐了下来。

这伙美国人显然对他们的来访感到非常震惊,肯尼斯虽有些懊恼自己把枪放到了楼上，但想到这强盗也不敢在酒店的地盘撒野，也就渐渐不那么害怕了，反倒更加好奇他们来访的目的。

公爵的手上缠着绷带，但这点伤似乎丝毫都没有影响到他。贝丝则无法将自己的目光从他缠着绷带的手上移开，这伤可是她昨天开枪造成的可怕后果。

"先生！"公爵恭敬地对约翰说道，"我应该郑重向您道歉，真的非常抱歉给您和您的朋友带来了如此大的麻烦。如果您应允，请容我解释。"

"您请说，公爵。"约翰回答道。

"先生，我出身强盗世家。几个世纪以来，我们家族都是强盗。子承父业，所以，我完全是被按照培养强盗的逻辑养大的。在我很小的时候，父亲就在一场混战中被杀死了，因此我的母亲代替他成了一家之主。我母亲很残暴，抓了很多无辜的人，敲诈了很多钱。您见过我的母亲，也知道她疯了，暴毙身亡。其实我一直觉得，她本来就是个疯子，骨子里就是个魔鬼。她想让我哥哥做坏事，我哥哥不愿意，拼命反抗。在狂怒下，她把我哥哥推进了石坑。从那时起，我便代替哥哥成了公爵。我处处听我母亲的安排，只是因为我很怕她。但这些年来，我真的厌倦了这样的生活，不想再继续做这些杀人越货的勾当。其实到我这里，我们的家族已经走到头了，因为我没有儿子。您知道，我唯一的孩子就是塔托，我非常爱她。我最大的愿望就是希望她快乐。过去的这几天真的彻底改变了我们的命运。老公爵夫人死了，我终于能够主宰自己的命运了。而塔托，她深深迷恋着您这儿这些年轻的美国小姐们，她也希望能跟她们一样。所以，我们今天来，就是想请求您原谅我们，也恳求能够继续做你们的朋友。"

约翰很是惊讶,问道:"您准备改过自新了,公爵?"

"是的,先生。不仅是为了塔托,更是因为我早就恨透了强盗的生活。所以,我会立刻解散人马,将他们遣送走。也会卖掉房子等财产,永远放弃那座山谷。我和塔托有些钱,足以让我们在一个没有人认识的地方重新生活。"

"这主意不错,公爵。"

"但,梅里克先生,请您看在我对您的尊敬,和我女儿对您侄女们喜欢的份儿上——她们都是非常勇敢和美丽的小姐们——我斗胆请您帮我一个忙,但我也深知我其实不配得到您的帮助。"

"帮什么忙,先生?"

"我希望在我遣散人马,处理完所有事情之前,您能替我照顾塔托几周。让孩子看着我处理那些事情,会非常难受。但是,如果和你们在一起,我女儿一定会很快乐的。我希望这些好心的小姐能够为我的小姑娘购置一些她们身上穿着的美丽裙子,也能够教她一些淑女的礼仪。塔托是我这个强盗的女儿,从来没有人教过她这些高雅的东西。虽然我有钱,可以给塔托买到任何漂亮的衣服和首饰,但却买不到小姐们的这份高雅和温柔。希望您能让她留在这儿,直到我来找她。我知道这请求很过分,但是帕琪小姐曾经跟我的孩子说过,不管发生什么,她们都会是朋友。也因为我知道您的慷慨为人,所以我才胆敢到这儿提出这样的要求。我真的只希望你们能把无辜的塔托当作朋友,至于我自己,等改过自新后,也希望能得到你们的原谅。"

约翰陷入了沉思,老律师也一言不发,面色凝重。帕琪依旧抱着有些发抖的塔托,蓝色的眼睛里满是恳求,贝丝的眼睛有些湿润,露易丝面带鼓励地微笑着。

"亲爱的,你们觉得呢?正如公爵自己说的那样,他是不配做我们的朋友。但是,我对塔托却没有任何敌意。你们觉得呢?"

"让她和我们在一起吧,我们要把她打扮成最可爱的小公主,好好照顾她。"帕琪叫道。

"她是我们收养的表妹。"露易丝说道。

"塔托是个乖巧的小人儿。"肯尼斯也说道。

"你觉得呢,贝丝?"

"我觉得,舅舅,"贝丝神色严肃,"如果公爵真想改过自新,我们应该帮助他。这个小女孩儿一直过得不好,从小就被她父亲强迫去做引诱'猎物'的棋子。但我相信,她本性应该是单纯的,而且她还这么小,一定会很快忘记她学到的这些邪恶东西的。所以,我也赞成,我们收养她,照顾她,直到她的父亲能让她过上全新的、适合她的生活。"

"言之有理,贝丝。"约翰赞许道,"我自己都说不到这么透彻。你觉得呢,赛拉斯·沃森?"

"您说得对!"老律师回答道,"这件事的最大好处在于,强盗的老巢会完全瓦解。对游客来说,陶尔米纳从今往后就会和老埃尔姆赫斯特一样安全了。我可是完全站在西西里岛发展的角度说的。"

约翰握住了公爵的双手,公爵感激地回握着,脸上带着愧疚的神色。

"抬起头来,亲爱的。"帕琪对塔托温柔地说道,"抬起头,亲亲我,你是我们的一员了,塔托!你开心吗?"

第二十八章 塔拉的美好生活

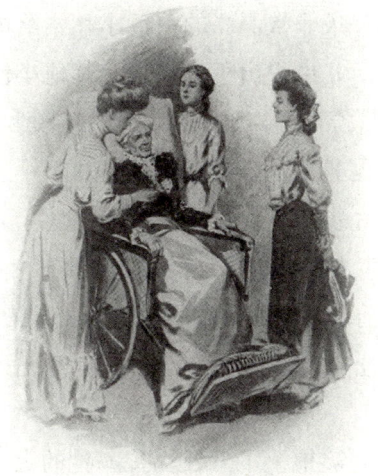

塔托就这样成了这个大家庭的一员。主人公们带着塔托在第二天早上就离开了酒店。弗拉斯卡蒂用他的马车,把大伙儿又载到了车站。

"一定要再来啊!"弗拉斯卡蒂对他们的离开颇有些遗憾,"明年,冰淇淋苏打喷泉就会动工了,就像你们在芝加哥看到的那样,跟美国的一模一样。我们也在进步,公爵也不会再骚扰我们这里了,虽然他不怎么讨人喜欢,但是个有趣的人。当你们下次来的时候,如果发现他不在了,可不要想念他啊。他给你们造成了诸多不便,我也很抱歉,虽然这种事我们也很遗憾,但是……"

"但是就这样吧!"帕琪开心地说道。

塔托此时已经完全变了一个样子。帕琪是这三个姑娘中看上去最瘦小的,虽然也不是特别苗条,但她很快从自己的衣服里挑出了一条非常漂亮的白色小礼裙给塔托换上了。而且,她的针线活儿也很出色,再加上其他小伙伴们的热心帮忙,一番缝补打扮下来,现在的塔托看起来比之前更美了。

这条裙子也非常适合我们这位西西里小姑娘,她对自己这身新衣服很满意,似乎已经习惯了穿女装。她从小就被当成小男孩养,在生人面前也总是很害羞,显得有些胆怯。但在这三位姑娘的面前,她却那么乖巧和坦率。现在,按照帕琪的说法,就等着塔托的头发长长了。之前,塔托一直都留着男孩子短短的发型。

大家有说有笑地上了开往锡拉库扎的火车,为了安全起见,约翰特地安排了两个相邻的车厢,这样,他们也有了足够的活动空间。

"您把钱放哪儿了，约翰舅舅？"当他们随着火车穿行在埃特纳山脚，前往卡塔尼亚时，贝丝低声问道。

"我藏在我的行李箱了。"他也同样小声地回答道，"这附近没有可以存钱的银行，所以我就把它们都带在身上了。"

"放在行李箱里安全吗？"

"当然，亲爱的。谁会去那儿找那5万美金呢？也没人知道我们身上有这么多钱。"

"那伯爵——我是说，威尔登先生——他怎么处理那钱的？"

"放在他的背包里，这样，他也能顺带看着点。这么做可不明智，贝丝，那钱会让他不得安宁，他也不敢把行李随便交给搬行李的服务生。不像我把它放在箱子里，这样我就知道它一直都在行李车里，也就不用担心了。"

旅途很是愉快，火车一路沿着海岸线飞驰在西西里岛最古老也是最漂亮的地方。他们惊讶地发现，似乎不论走到哪儿，埃特纳火山都在他们身旁。

当他们到达阿奇卡斯泰洛时，有人好心指给他们看了看著名的库克罗普斯群岛，传说波吕斐摩斯曾经在那儿扔下了狡猾的尤里西斯。继续一路前进，他们来到了卡塔尼亚。这里虽是西西里岛第二大城市，却没有任何历史古迹，现在是距离埃特纳火山最近的地方，但他们没有丝毫感觉，因为这火山一路上都在他们身边。又走了三十千米，他们穿过了伦蒂尼。这座城市在古代时可以比肩锡拉库扎。一个小时后，火车绕过海湾和卡波圣帕纳贾，缓缓停在了历史名城——锡拉库扎。过去几个世纪以来，这座城市一直统领着整个世界，一度比雅典更强大、更富庶。

那天，云层很厚，天有点灰蒙蒙的。在车站下了车，风吹在身上，会感觉到些许凉意。大家静静站在一旁，等着肯尼斯叫来马车。他们还有差不多两千米才能到酒店。约翰这次没有带大家进城住店，而是在出发前就发电报预定了位于阿克拉丁的波利蒂别墅，刚好就在天堂采石场的左近。他们冒着冷风，终于来到了酒店。酒店早已为他们准备好了温暖的房间，他们简直满意极了。于是整个下午也就用来休息和整理行李。

"我想，"帕琪哀伤地说道，"在这儿，我们就见不到陶尔米纳明媚的阳光了，塔托。"

"陶尔米纳也不是一直都是暖和的，只是一直都不太冷。"塔托顿了顿又接着说，"小姐，我听说锡拉库扎的气候也非常怡人。"

"看上去不像啊，"帕琪说道，"不过，也许会好起来的。"

这天气待在酒店里感觉很舒服。户外着实有些阴冷，不过，一顿精心准备的晚餐又让大家喜笑颜开。晚上，大伙儿看着酒店大厅里的陌生人们，猜着那些陌生人的故事。这样玩着，不知不觉，就到了睡觉的时间。

"那笔钱，"约翰在和贝丝互相亲吻，道别时，低声说道，"非常安全。我行李箱的钥匙丢了，所以现在即使是我，也没法打开了。"

"丢了？"她忍不住叫出了声。

"是的，但是没关系，我把东西放在那个大箱子里。

里面的东西我一般都不用。既然我都打不开,别人也打不开的。所以,我打算等到我需要里面东西的时候,再找个锁匠替我打开吧。"

"我真希望您没有把钥匙弄丢。"这女孩若有所思地说道。

"祝我好运吧。做个好梦,亲爱的。我都能想象出亚瑟·威尔登整晚都没法睡着的样子,他枕头下可是压着可观的三万美元啊。随身带这么多钱绝对是个错误,贝丝,它会让你根本没法放下心来。"

第二天早上,大家睡醒下楼吃早饭时,惊讶地发现昨天来时的阴冷天气已经完全变成了艳阳天,瞬间大家都觉得暖意融融。锡拉库扎的天气真是多变!透过酒店的窗户,便可以看到窗外娇艳欲滴的花儿,仿佛在做着无声的邀请,简直让人没法拒绝。

波利蒂别墅因为靠近巨大的采石场,总会让人有种随时都有可能坠入深渊的错觉。这采石场——按照当地人的读法叫latomia——为古锡拉库扎五座城市的修建提供了必需的石材。不过这些古老的遗址,现在都已经无迹可寻了。采石场极深,底部现在是成片成片异常美丽的花园。因为不易被风侵袭,日照也非常充分,这里的花都开得异常美丽。往上,也有些花儿,长势就不及在底部的花朵儿了。

女孩们急不可待地吃完早饭,就急冲冲地沿着铁制楼梯,来到了采石场的底部。此刻,他们的头顶上是藤蔓缠绕的悬崖峭壁,隔绝了上面世界的喧闹。

这里非常安静,让人身心都放松下来。茂密的灌木丛里,还有许多安静的小路,足够逛上好几个小时。每走上几步，就能发现些新东西，这让我们这群主人公们赞叹不已。

古老的墓群掩藏在坚硬的石头下——有一个墓碑就是一位美国海军学校学生的，他选择了锡拉库扎这美丽的地方作为长眠之地。走着走着，一行人便来到了著名的阿基米德雕像前。这位伟人生前也经常在这里闲逛。

"以前，"沃森先生沉思道，"曾有七千名雅典罪犯被囚禁于此，最后要么被活活饿死，要么染病而死。锡拉库扎的市民——就连女人和孩子们——都曾站在这洞口，谴责他们国王的残忍。"

"他们爬不出来吗？"帕琪一想到曾经有些可怜的囚犯就站在她现在的位置，不禁有些瑟瑟发抖。

"不能，亲爱的。据说，卫兵们一直在这洞口处巡逻，对爬出来的人格杀勿论。"

"太可怕了！"她哀叹道，"但是我很高兴，他们在这里建了一个花园，这让我觉得很像墓园。"

当然，在锡拉库扎还有很多著名的景观。约翰一行做了精心安排，打算以后每天早上都去些地方，下午则用作休息。女孩们都急切地想给塔托添置新衣，所以，女孩们下午的时间基本上都花在购物和打扮上了。

塔托在约翰那儿有一笔数目可观的钱，这是之前公爵留下的，说是用来买"我女儿想要的任何东西"。

"他想让我和你们打扮得一样漂亮。"塔托简单说道，"他说因为你们更清楚我穿什么才合适，更需要什么样的礼仪，这倒是把责任都推给你们了。我父亲也真是有些自私啊，不是吗？但是，我非常想跟你们在一起——因为你们对我真的很好！"

"我们也非常开心你能加入我们。"帕琪说道,"给女孩儿置办新衣服简直就像一场永远不会结束的狂欢。我们得把你从头到脚,从里到外,都好好打扮起来,我们非常爱你,你就像我们的小妹妹一般。"

贝丝和露易丝也对帕琪这番话表示赞同。确实,这女孩真是又贴心又美丽,而且对她们的好意也充满感激之情。这样一个妙人儿,大家自然都愿意帮助她、疼爱她。

塔托穿着女装,更显得娇小可爱了。在仪态举止上,她也经常观察模仿其他女孩,到现在也算进步神速。她自己都没有想过,自己有朝一日也能拥有上流社会小姐们的气质。现在,大家倒有些担心塔托的爸爸会接她离开了。姑娘们和约翰想出了一个计划,说服公爵让他的女儿和他们一起旅行,然后再跟着他们回美国玩一小段时间。

"到那个时候,"露易丝说道,"我们基本就能教会塔托所有的礼仪,那塔托绝对会变成个名门闺秀了。他们都说'家族的特性总会显露',之前那位教养塔托的修道士也必定是个聪慧细心的人。"

"塔托的语言和历史知识绝对比我们所有人的还要多。"贝丝附和道。

"所以,既然我们收养了她,就不能半途而废。"帕琪总结道,"我们一定要咱们这个小飞贼说服她爸爸,同意让她跟我们待在一起。"

塔托笑了,脸颊绯红,知道自己有如此友善的朋友,她由衷地感到高兴。但是她也清楚公爵是绝对不会允许她去美国待那么长时间的。

"你爸爸那边我来处理。"约翰也说道,"我会条理清晰、逻辑连贯地好好说服他，他自然就会心甘情愿地把你留下了。"

与此同时，华丽的衣服一件接着一件被送到酒店。女孩们几乎将锡拉库扎仅有的几家店洗劫一空，给塔托买了不少精致舒适的贴身内衣裤。美国姑娘们决定让塔托什么都尝试一下，好看看她们这位"小公主"怎样才会最美。而塔托，虽然有点儿不习惯，也开始正装出席晚餐或者其他场合了。她娇俏动人的美丽，不仅让她的朋友们为之惊艳，也让很多陌生人移不开眼，大家都被塔托的美丽吸引了。

即使在西西里岛，这个希腊美女云集之地，也很少有人能比得过塔托。这自然也让这群美国人很是自豪。

而肯尼斯一直忙着写生，他正精心描绘着采石场上面的修道院和不远处蔚蓝色的大海。有时他也会加入早晨旅行的大队伍中，跟着去看看地下墓室、大教堂或是博物馆，但是，下午他一般都会潜心作画。大家偶尔也会到花园里来陪陪他，在他身边做些手工活，或是看看书。

亚瑟·威尔登自然也表现良好，虽然这一切大多是因为露易丝教会了他如何与人相处。约翰越来越喜欢这个年轻人，也渐渐挑不出他的毛病了。

只是他依然比较沉默，这无疑是遗传自他那位缄默的父亲。但当他说话时，又总是那么有趣，让人觉得很舒服。

肯尼斯一直说亚瑟总是对露易丝"暗送秋波"。不过这年轻人和露易丝在一起的时候，也始终以礼相待，头脑理智。他一直慎重地掩饰自己对她的爱意——至少他人在场时，是这样的。

约翰暗中也跟他的老朋友沃森先生说道："如果他们长

大了，都还是这种心态的话，对露易丝可能不太好。"

日子就这么一天天愉快地过去了，很快，他们也要离开锡拉库扎了。

在离开前的最后一天早上，塔托说自己头疼，留在了宾馆休息。其他人则坐车去看那久负盛名的狄奥尼修斯之耳——传说，古代的暴君就通过这个巨大的洞穴，监听囚禁于采石场中犯人的秘密。在洞穴的上方，还有个很小的石房子。传说狄奥尼修斯曾经就是坐在那儿偷听的。这倒有可能，因为不管下面发出任何细微的声音，上面都能够听得很清楚。

接着，这群人又去了圆形剧场和在老街上的墓园，最后去了趟圣·保罗曾经布道过的圣乔凡尼教堂。到中午时，游客们回到了酒店。大家都有些饿了，却依旧兴致很高。午饭也很快准备好了。

第二十九章　塔拉计谋得逞

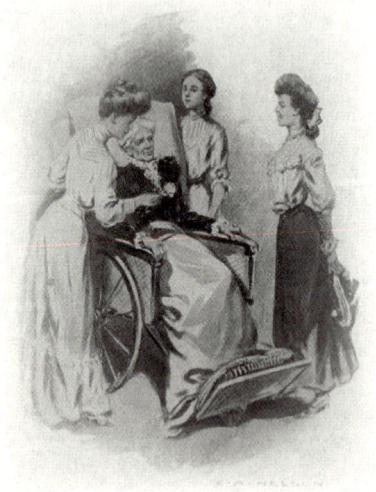

"这还真是奇怪了！"帕琪的脸很苍白，惊讶地叫着，走到了约翰的跟前，"我都找遍了，却找不到塔托。"

"而且，她的新行李箱也不见了，衣服和其他属于她的东西也都不见了。"贝丝站在帕琪的身后，一字一句补充说道。

约翰满是疑惑地看着她们，慈祥的脸上慢慢显露出慌张。

"你们确定？"他问道。

"千真万确，舅舅。她不见了。"

"你们没有欺负这孩子吧？"

"哦，当然没有，舅舅。早上我们走的时候，她还非常友好地跟我们吻别了。"

"我真是搞不懂。"

"我也是。"

"会不会是她父亲来接她了呢，你们觉得呢？"梅里克先生想了想，问道。

"我觉得她不会这样不辞而别的。"帕琪说道，"我很了解她，舅舅，这可爱的孩子绝对不会让我们伤心的。她很爱我们！"

"不过她是个很奇怪的家伙。"露易丝说道，"我一直都不怎么相信她。有时，她的眼神看起来可不那么纯净。"

"啊，露易丝！"

"而且，还有另外一个原因。"

"什么？"

"她的转变太快了。"

约翰用力拍了下自己的脑门,一个可怕的念头在他脑海中一闪而过,但下一刻,他又长长地舒了一口气,恢复了笑容。

"我把行李箱的钥匙丢了,也算是幸运!"他说着,对刚才自己怀疑塔托感到有点儿难为情,"我那行李箱从我离开陶尔米纳就锁上了,所以这孩子应该不会受了那钱的蛊惑。"

"她决不会碰您的钱的!"帕琪义愤填膺地说道,"她不是小偷!"

"但她确实是在贼窝里长大的。"贝丝提醒道。

"我想知道,亚瑟的钱是否安全。"露易丝顺着刚才谈话的思路说道。

他们立刻一起从大厅里走了下来,来到了亚瑟的房间。

"亚瑟,你在吗?"约翰急促地敲着门。

"在,先生。"

他起身打开了门,满是惊讶地看着自己门前这群焦虑的朋友。

"你的钱还在吗?"约翰问道。

威尔登也愣了一下,立刻跑向他的梳妆台,打开了抽屉,一通搜寻后,他转身笑了笑,

"都还在,先生。"

约翰和姑娘们明显放松了很多。

"您看,"亚瑟说道,"我找了个很隐秘的地方。装在包里就得一直都随身带着。所以,我就把钱打包放进裤腿里,再把这裤子放进抽屉里,最后再在上面堆了些其他衣物。小偷肯定会翻这个抽屉,但是绝对不会想到我把钱放在了

这儿。我本来觉得藏在这个地方已经万无一失了,但是您刚才那么问,还是吓了我一跳。是出了什么事吗?"

"塔托不见了。"

"不见了?"

"行李也都不见了。"

"先生,那您那5万美元,安全吗?"

"那肯定。"约翰回答道,"我的钱放在一个铁制的行李箱里,还有两道锁。而且我还把钥匙丢了。这可比任何银行都安全多了,孩子。"

"那这孩子为什么不见了呢?"

大家都没法回答这个问题。

"真是个迷。"帕琪说着,泪水已经溢满了双眼,"但我打赌是他那残忍又邪恶的父亲干的。他可能在我们不在的时候来了,又不愿意等我们回来。"

"大厅的门卫怎么说?"肯尼斯刚刚走过来,碰巧听到了最后一段对话,也大概猜出了发生什么事情。

"真傻!"约翰大叫道,"我们都没问过那门卫。现在我们去客厅,再请那门卫过来一下。"

门卫很快就上来了,美国人一直都是很慷慨的客人,他自然愿意效劳。

"那个年轻的小姐?啊,她在你们走后不久也坐着马车走了。一个男人来接的她,那男人脸型瘦削,眼睛很深邃。他把她的行李都搬进了马车车厢里,就带着那位小姐走了。她还结了账,还慷慨地给了我们小费。"

"正如我所料!"帕琪叫道,"就是那可怕的公爵强迫她离开我们的,他应该是嫉妒了,怕我们不让塔托走。她哭了吗，有没有难过？门卫先生？"

"没有，小姐。她笑得很开心。啊——我都忘了，这里有封信，是她留给道尔小姐的。"

"在哪儿？"

"在办公室里，我立刻给您送过来。"

门卫立刻起身跑了出去，又带着一个看上去沉甸甸的信封回来，交到了帕琪手上。

"您念一下吧，约翰舅舅。"她说道，"塔托的信里不会有什么不能让人知道的事，也许，她就是想解释一下。"

约翰戴上了眼镜，接过这信封，谨慎地打开了它。塔托的字迹很娟秀，尽管有些英语单词拼错了，但她也用这门外语表达清楚了自己的意思，修正了拼写错误和标点符号后，信的内容大致就是这样的：

"亲爱的、天真又愚蠢的帕琪：

当你发现我从你身边逃走的时候，将会多么的震惊。你又会说些怎样的气话来责备可怜的塔托！但这些我都看不到，也听不到了，因为你都不知道我现在到底在哪儿，我也不在意你是否会生气。

你一直都对我很好，帕琪，我也真的很爱你——我对你的爱很深。不过，我也很怕你的表妹，你那漂亮的表妹，总是那么精明，冰冷的双眼让我觉得胆战心惊。但是，告诉贝丝，我已经原谅她了，她毕竟是你们三个中最聪明的。露易丝一直自以为聪明，但她的行为总让我觉得有种'此地无银三百两'的感觉，让人一眼就看穿了。

但是，帕琪，你们三个都是傻瓜！你们一定会蠢到去猜测到底发生了什么，所以我才一定要不辞辛劳地写这封信告诉你，不然，要是你们都不知道从头至尾我是如何骗过你们所有人的，那真是让我有些遗憾了。

你们那天在山谷里耍了我们，这也是平生第一次，亚加达公爵让煮熟的鸭子飞了。但你们认为这一切就完了吗？如果那样，我们怎么能称得上是传奇呢？

亲爱的，瞧瞧，即使没有这笔钱，我们也能过得不错。我们是强盗世家，这么多年都在累积财富，而我们花出去的呢，又少之又少。我们的钱都在意大利银行，每年都有丰厚的利息。我父亲在理财方面也很有眼光。那四十万里拉本来将是我们最后一笔买卖，可是你们却耍了我们，害我们没有拿到应得的钱。

所以，我们想扳回一局，也算是报仇吧。我们抛弃山谷的根本原因是我们的财富已经让政府非常不安了，他们威胁我们要么马上离开，要么立刻逮捕我们。我们讨论了很久，决定再摆你们一道。这计谋很简单，但却很见效。我们跑来找你们，在你们面前，痛定思痛，说要改过自新。你们还真信了，还那么好心地收养了我。这一切都太顺利，我一想到你们当时的神色，就觉得好笑。但是我忍住了，我可是很擅长演戏的。我想，我给你们塑造的那个塔托，一定是非常乖巧可爱的吧？但是，你们却忽视了我终究是个强盗的女儿，骨子里流淌着狂野、自由、不羁的血液。啊，想想看，我都对我出色的演技很是佩服。

虽然我表面上很单纯，但我也在暗暗观察你们。跟你们见面后的一个小时内，我就知道了钱放在哪儿了。在去锡拉库扎的火车上，我就偷了约翰的行李箱钥匙。但我没有立刻去拿钱，一方面是因为我也没有地方藏钱，另一方面也是因为约翰可能会随时砸掉箱子上的锁。但是费朗蒂的钱——我这样称呼他,是因为费朗蒂可比威尔登好听多了——却让我头疼了很久。最开始,他根本不让他的小背包离开自己的视线,最后,当他不再那么紧张地看管那个小包后,钱已经被转移到了其他地方。我在他房里找了很多次,但是直到昨天晚上才找到。那时他在外面吃饭,我终于在他梳妆台的一个抽屉里找到了钱。

要不是这笔钱找起来不容易,我也许早就离开你们了。事实上,我父亲已经暗中等了我三天了。找到了费朗蒂的钱后,我一直等到今天早上,你们都离开后,才在窗前给我父亲发了信号,准备离开。我们从约翰的行李箱里拿走了钱,自然也拿走了亚瑟藏在裤腿里的钱。这过程也就几分钟吧。我们非常愿意花上这点时间的,我确定。然后我把我的新衣服都装进了我的新箱子里——我们另一部分计划就是利用你们,将我重新打扮一番——现在,我在临走前,给你们写这封信。

我们也许会去巴黎、维也纳、开罗或者伦敦——你们能猜到吗?我们会有新的名字——自然是非常好听的那种——从此体面地生活,受人尊敬。等我再长大些,我就会嫁给王子,成为他的王妃。当然,这些你们应该没什么兴趣,因为你们也不会知道,那个尊贵的王妃,就是你们的小塔托。

请转告约翰,我把行李箱的钥匙留在了壁炉架上,在那幅圣母像的后面。我把亚瑟的裤腿里重新塞满了废纸,这样如果他早回来了,而我还没有来得及逃走,也能先骗过他。我真心希望你们看完这封信后才发现整件事情的真相。我可是如此费心地给你们准备了这么大的惊喜啊!是吧?这样,我也就能心满意足地离开了。你们曾经骗过我,但是最后我还是骗过了你们，胜利是属于我的。

　　虽然如此，亲爱的帕琪，我爱你。你是那么的善良，温柔，虽然我永远也没法成为你那样的女子，但我真的很欣赏你身上这些优秀的品质。当你气消后，请你记住这一点，我不会再去美国看你了，但我会想你的，我永远记得你对我的好，但请不要把我想成一个让人害怕的西西里假小子。塔托。"

第三十章 相忘江湖

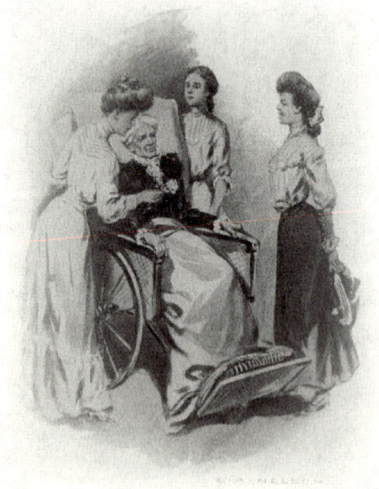

当约翰念完信，大家脸上的神情都很古怪。亚瑟·威尔登的脸色因为生气而有些发白，眼睛里满是愤怒的火苗。赛拉斯·沃森则和他的老朋友一样，完全怔住了。他在想是不是因为现在上了年纪，所以才如此轻易地就被这个顽皮的小孩骗了过去。贝丝咬着她的嘴唇，强忍着羞辱的眼泪，不让它流出来。露易丝则皱着眉头，显然她还记得塔托那孩子是怎么尖锐评价她的。帕琪则为失去了一个朋友，轻声啜泣着。

肯尼斯却突然大笑起来，这宏亮的笑声瞬间将大家从各自的心绪中唤醒。

"塔托真是个妙人！"这男孩肆无忌惮地说着，"没看见吗，傻瓜们，这是她给我们准备的惊喜啊！还是你们想到自己被骗了，就笑不出来了？"

"是的，我们应该笑。"约翰沉重地回答道，"塔托能这么做，也是因为她铁石心肠，感情冷漠吧。钱丢了，我没什么好伤心的，但我那么疼她，真是不值得啊！这恐怕是对我最沉重的打击了。"

这些话，让帕琪哭得更厉害了。露易丝也突然嘲讽地骂了一句："小混蛋！"

"这都是我们咎由自取，是我们偏要去相信这小飞贼的。"亚瑟说道，语气有些暴戾，"我不知道我有多少钱，但我很乐意再花上三万美金让这小东西受到应有的惩罚。"

"有钱也不可能了。"律师颇有些遗憾地摇了摇头，"这强盗太狡猾了，在欧洲是抓不到她的。不过，回家可能还有机会。"

"所以，最好的做法就是自嘲一下，默默忍了。我们也得尽早忘了这不开心的事情。"约翰说道，"我觉得这事情好比——我丢了的钱包被我最好的朋友捡到了，只是他不还给我。这样总比被强盗们逼迫着给赎金光彩些。这点损失对我们来说也算不上什么。但是这样的骗局却是世间少有啊。我们不能让这件事扫了我们的兴致，所以，朋友们，开心起来吧，大家都振作起来，不要再去想已经无能为力的事情了。"

　　虽然约翰明智地劝慰大伙儿，但当他们离开锡拉库扎、重返那不勒斯、再去罗马时，大家心情一直都很沉重。不过这旅途中有太多的美景，大家也很快恢复了精神。当他们最后坐上去佛罗伦萨的火车时，大家都玩累了，只记得罗马竞技场和卡拉卡拉浴场了。

　　到达佛罗伦萨时，恰逢玫瑰花盛开的季节，整座城市都异常娇艳。但肯尼斯总拉着他们去美术馆，直到约翰宣称他已经没法直视这些大师级作品了。

　　"这就只是些涂鸦。"他说道，"任何一个十岁的美国孩子画得都比这些好。"

　　"小声点，不要让别人听见。"帕琪提醒着，"不然，人家会说您不懂艺术。"

　　"但我说得的没错！"他抗议道，"要是把这些大师作品印到美国公共汽车上，那绝对是浪费钱，因为没人会看，没人受得了。"

　　"这些画在过去，可件件都是精品。"肯尼斯严肃地说道，"您要知道，艺术也是从那时开始，经过了这么多世纪的发展，才到现在这个高度的。"

　　"啊，我也想对这过去的经典致敬。"约翰说道，"但是要我五体投地地崇拜这些过时的东西,真有点强人所难了。在这些作品面前称赞有加的人都是些骗子,而我为他们的无知感到羞耻。"

现在,亚瑟·威尔登不得不和露易丝还有其他朋友道别了,他坐上了去巴黎的直达火车,再准备坐轮船回家。他的律师写信让他马上赶回去处理一些紧急的事情。这样,他不得已只能先回去,心中倒是多有不舍。

肯尼斯和沃森先生也在佛罗伦萨和约翰一行道了别。因为这个狂热的小艺术家想要在这儿多待些时间,研究一下那些被约翰批得一文不值的画作。约翰和姑娘们接着去了威尼斯,那里一下子就俘获了他们的心,大家都觉得这是旅程中最美的地方。梅里克先生也非常喜欢这里,因为他能坐在凤尾船中,好好放松一下他粗短的小腿——他们去了太多教堂和艺术馆了,早已让他双腿发酸。但这旅程的最后时光,却不幸成为这位老先生的噩梦。姑娘们对教堂情有独钟,一个也不肯错过,坚持要走完所有的教堂。最开始,约翰还忍耐着陪她们,但稍后,他就发起了脾气。

"我想这威尼斯应该没教堂了吧?"刚到威尼斯时,他就急忙问道。

"啊,亲爱的,这里当然有了,而且还有世界上最漂亮的教堂呢!圣马可大教堂就在这儿,您知道吧?"

"那应该没有圣保罗或者圣彼得教堂了吧?"

"没有,舅舅。但是有……"

"没关系。我们就只去刚才说的那个,之后就不再去教堂了。他们怎么修了这么多教堂,简直难以想象!我想除了这些游客,也没人想去吧!"

约翰在威尼斯也算得上是豪掷千金了,他买了很多威尼斯花边和玻璃器具,到最后,姑娘们都不得不告诉他,就算要送给朋友,他买的这些也都绰绰有余了。道尔少校之前让约翰带一个海泡石烟斗和佛罗伦萨皮制袖珍本,约翰一口气买了37个形状各异、大小不同的烟斗,又买了许多皮制袖珍本,让帕琪都不得不说,她父亲以后可以每天都用不同的款式了。

"这些东西便于携带。"约翰说道,"短时间内,我们也不可能再到欧洲来。"

这就是这位老先生买这么多东西的借口,一直到侄女们提醒他,这些东西在纽约入境的时候都是要报关的。这才止住了约翰的疯狂采购。

这关税确实让咱们这位老先生有些头疼。之前,他相信会有关税保护的,但是他现在却觉得美国海关比公爵那帮强盗的胃口还要大。

他们又去了米兰,看了看那儿的大教堂。接着到了瑞士,再从瑞士的卢泽恩转到了巴黎。

"谢天谢地!"约翰说道,"巴黎这么愉快的地方,应该没有教堂了吧!"

"啊,当然有啊!"姑娘们异口同声回答道,"无论怎么样,我们都必须去巴黎圣母院,而且,还有十多个很有名的教堂呢。"

约翰在这里彻底爆发了。

"亲爱的!"他宣布道,"从现在开始,我一个教堂也不去了!你们要是不想自己去,可以找一个导游带你们去。你们就自己再去看看迈克·安吉洛的遗作吧,真是的,每个教堂都有他的作品。我呢,一直对宗教也很虔诚,但是最近真是去了太多次教堂了,简直把我下半辈子该去的次数都用光了。我决定再也不去教堂了。这些教堂就像马戏团一样,你去过一个后,后面的就没什么新意了。"

不管姑娘们怎么劝说,他都不肯改变自己的心意。最后,姑娘们也接受了他的建议,在导游的陪伴下去了她们念念不忘的教堂。导游自然对教堂的历史熟稔于心,讲解也很热情,只是说话带着些口音,不是很清晰。

约翰则先去看了歌剧,又到商店里挑选了很多商品,当然大多都是些无用的小玩意儿。于是这老先生要缴的关税也急剧增长着。

愉快的假期终将结束,欧洲之旅也接近了尾声。他们最后从瑟堡坐船回纽约。

约翰比来时多出了6个行李箱。帕琪抱着一只法国狮子狗,这小家伙就跟小婴儿一般难伺候。露易丝则拿着装满帽子的盒子,差点儿还忘了打包这堆东西了。姑娘们的脸上都洋溢着笑容,脸颊也像玫瑰一样粉嫩,充满了年轻的活力。虽然一路上,她们留下了如此多的美好记忆,但是真到了回家的时候,大家都觉得如释重负。

第三十一　安全到家

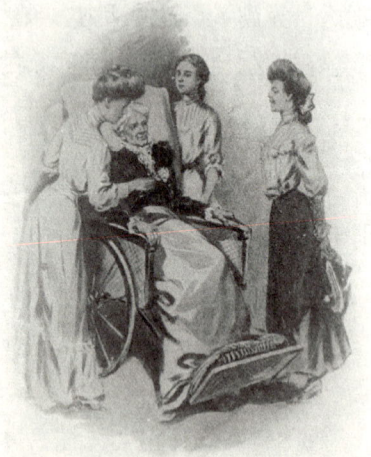

"对我来说，"约翰站在甲板上，骄傲地指着纽约港的自由女神像，"这才是我离家后看到的最美丽的景色。"

"比那些大师的作品还漂亮吗，舅舅？"帕琪淘气地说道。

"当然，也比那些教堂漂亮！"他反驳道。

他们快要靠近码头时，一眼就看见了前来接帕琪的少校。他今天穿着一件新的方格西装，胸前的袋子里插着一朵很大的花儿，脸上挂着灿烂的笑容。

他们还看到了梅里克太太以及在她身边的亚瑟·威尔登，露易丝一下就明白了，亚瑟肯定已经说服了她的母亲。当然还有穿着制服，一脸严厉的海关关员。远远地看了他们一眼，约翰就打了个冷战。

但却没有人来接贝丝。约翰让她挽着自己，颇有些自豪地让他这个侄女儿走在他身边。贝丝在这场旅途中，完全赢得了这位老先生的心。他觉得她比之前离家的时候更加成熟，也更加贴心了。

很快，相互的寒暄以及"抢劫"般的报关结束了。随后，他们聚在道尔的公寓里。热心的少校已经准备好了丰盛的晚餐，欢迎我们的主人公们回家。

"爸爸，我们给您带了成百上千的烟斗和皮制袖珍本。"帕琪第二十次抱住爸爸，低声说道，"我也有好多历险故事要跟您说。"

"等只有我们两个的时候，你再告诉我吧。"少校说道，"不然这里这么吵，可就浪费了。"

梅里克先生坐在餐桌的主位上,简短扼要地发言说:

"我曾经向这些姑娘们保证会带她们领略不同的生活,姑娘们,我做到了吗?"

大家这时都高声回答道:

"您做到了,约翰舅舅!"